エゴイストの初恋

高岡ミズミ

幻冬舎ルチル文庫

CONTENTS ✦目次✦

エゴイストの初恋

✦カバーデザイン＝渡邊淳子
✦ブックデザイン＝まるか工房

イラスト・蓮川　愛✦

エゴイストの初恋

1

陽光が反射し、きらきらと輝く波間に目を細める。初秋のぬるい潮風を肌で感じつつ、いい波が来るのをひたすら待ち続けていた。

月曜日の祝日を利用しての四連休——金曜日は自主休校ではあるが——洸《こう》は帰省した。先週も帰ってきたので、夏休みが終わってからすでに二度、地元の海に戻っている計算になる。

どうしたの、めずらしい、と母親に驚かれようとも洸には洸の事情があった。

洸が帰省する理由。

表向きは、サーフィンのためだ。自分のため、そして朋春《ともはる》に教えるため。

サーファーたちの間では名の知れた海岸は、年間を通してマリンスポーツに興じる者たちで賑《にぎ》わっている。観光シーズンを外れた時期であっても、沖合にはヨットや年季の入ったサーファーが波待ちをする姿が常時見られるのだ。

物心ついたときにはボードに乗っていた洸も、一年じゅうサーフィンのできる地元を誇りに思っていた。

だが、サーフィンの他にも帰省する理由があった。

むしろこちらのほうが、いまの洸には重大かもしれない。

一番の理由、それは冬海《ふゆみ》だ。冬海に会いたい一心で、課題を必死で片づけ、「里帰り」という名目で電車に乗る。大学の友人たちに、さすが郷土好きとからかわれて気恥ずかしさを味わおうとも、しばらく間隔を開けようという気持ちにはならなかった。

天秤《てんびん》にかければ、どちらに傾くか結果は明白だ。

「で？　最近どうよ」

洸の隣で砂山を作っている朋春が、首を傾けて洸に横目を流してくる。なにが「どうよ」なのか、朋春の意図はわかっていたが、

「どうって、なにが？」

一度は空惚《そらとぼ》けて問い返した。

たとえ幼馴染《おさななじ》みであろうと、恋愛に関する話を他人とするのは苦手だ。いや、朋春が身内だからこそよけいに話しづらい。

芦屋《あしや》家は、地元では名の知れた家族だ。理由はいくつかある。

著名な報道カメラマンだった父親が仕事中の事故で亡くなったこと。長兄がジャーナリストの道を選び、次兄は母の切り盛りしていた人気カフェを継いだこと。なにより、兄弟三人がじつに個性的であること。

そして、もうひとつ。これは先日朋春本人から聞いたばかりだが、朋春は愁時《しゅうじ》や冬海とは血の繋《つな》がりがないらしい。父親の友人の子だというのだ。

——冗談だろ？

思わず問い返してしまったのは、朋春が愁時にあまりに似ているせいだった。仕種《しぐさ》や表情、話し方まで。

——それが本当なんだよな。

軽い口調だったが、その一言で冗談ではないと悟った。そもそも朋春はこの手の冗談を言わない。洸が「似ている」と判断していたところはすべて、意識的にしろ無意識にしろ朋春が「似せている」という事実にも気づいたのだ。

実際、外見上の共通点は少ない。長身の兄たちに比べて、朋春の背丈は百七十六センチの洸とほぼ同じだ。顔立ちにしても、ひとつひとつのパーツに似た部分はない。だが、それは芦屋兄弟にとっても洸にとっても重要ではなかった。

芦屋家の三兄弟——と、近所の皆が口にするように、愁時と冬海、朋春の三人は家族であり、兄弟だ。

「またまた。俺に隠すことないだろ。一応、兄貴と幼馴染みの恋愛だから心配してるんだよ」

心配と言うわりには好奇心いっぱいの目で洸を覗《のぞ》き込んでくる。

「そういう言い方、よせって」

朋春としては好奇心と心配と、両方あるのだろう。ほんの一ヶ月前までは、自堕落な生活を送る冬海と、その冬海とぎくしゃくする洸を傍《そば》で見て心を痛めてきたのだ。

兄である輝《てる》の死は、冬海にも洸にも忘れられない記憶だった。冬海に至っては、重い枷《かせ》となっていた。冬海は自ら囚《とら》われ、がんじがらめに縛られていた。

「……どうって言われても」

爪先《つまさき》で砂をさらりとすくって、洸はそこに目を落とした。

今度は真面目に答えようと思うが、やはり簡潔な言葉では表せそうになかった。自分でも答えられない、というのが正直なところだ。

洸が冬海をずっと好きでいれば、いつか自分も洸を好きになると冬海は言ってくれた。その日が来るまで誰に誘われても断るし、離れている間はずっと洸のことを考えると約束すらしてくれた。

「なに冴《さ》えない顔してるんだって。俺、惚気《のろけ》のひとつも出てくるかと思って聞いたんだし。昨日も店が終わったあと、一緒に出かけてただろ？」

「……まあ」

惚気と言われてぴんと来ないのと同じで、昨日の件を茶化されてもどう返せばいいのか、反応に窮する
冬海と会ったのは事実だ。雑誌を買うためにコンビニに行くという名目だったが、冬海の店が終わる時間を意識していなかったといえばそれは嘘《うそ》になる。雑誌なんて翌日でもよかっ

たのだから。

――どこに行くの？

店から出てきた冬海が、そう問うてきた。

――コンビニ。

答えた洸に、残念と笑った。

――嘘でも、僕に会いにきたって言うところだよ。

本当は冬海の顔が見たかった。なんて、こんな台詞《せりふ》のあとではとても口にはできず、洸は唇を結んだ。

本音を言えば、冬海に聞きたいことはいくらでもあった。

誰かに誘われても断っているのか。会えない間、寂しいと思ってくれたことはあるのか。会いに来てくれると言ったあの言葉を、いつ実行してくれるのか。

少しは、自分を好きになってくれたのか。

だが、それらはすべて洸自身の一方的な気持ちによるものだ。自分ですら押しつけがましいと感じるのに、口に出すのは躊躇《ためら》われる。

「『まあ』ってなに、その曖昧《あいまい》な返事。うまくいってるんじゃないのかよ」

朋春の瞳に、微《かす》かに不安がよぎる。弟として冬海がどういう人間か熟知しているだけに、うまくいっていてほしいという期待もそこには窺《うかが》えた。

「俺の話はもういいだろ」

そでない返事をする。

内心は穏やかとは言い難《がた》いが、洸の素《そ》っ気《け》ない態度は常からなので朋春は気にしないだろう。幼馴染みとはいえ、年齢がちがえば互いに知らないことは多い。

洸に限っていえば、自身の話を他人に打ち明けるという行為自体が苦手だった。

そんな自分がよくも冬海に告白したものだと、いまになって思えば不思議になる。

そもそも、始まりからして無理やりだった。

冬海の心が自分にないと承知で、洸は冬海に気持ちを押しつけた。冬海が、輝の弟である洸を撥《は》ねつけられないというのもわかっていた。当時はわかっていなかったつもりだが、心のどこかにその確信はあったのかもしれないと、いまとなってはそんな気がしている。

大胆な真似をしたものだと自分で呆《あき》れもするが、あの頃は、それだけ必死だったのだろう。

冬海は、相変わらず客に人気がある。H2Oというミニコミ誌でカフェ「エスターテ」が特集されて以来、美貌《びぼう》のマスターとしてアイドル化していると言ってもいい。隙《すき》だらけだった若い頃のように直接誘われる機会は減ったとはいえ、以前よりも冬海目当ての女性客は確実に増えている。

つい一週間前も、女性客と親しげに話している姿を見かけた。

客商売であれば当然の愛想であろうと、冬海に関しては別だ。モデル並の長身と長い手足。

綺麗《きれい》な顔と優しい物腰。やわらかな話し方。冬海のすべてが、相手を惹《ひ》きつける。

なにより冬海自身が、誘えば承知するだろうと思わせる雰囲気を醸し出しているのだ。

きっと、あの女性客も軽い調子で誘ったのだろう。

——店が終わったあと飲みに行きませんか？

冬海は、けっして断らない。相手が誰であろうと、返答はひとつ。

——いいですよ。

でも、それは以前までで、いまはちがうはず。いまは断っているはず。そう思おうにも、固辞する冬海が想像できないのも本当だった。

冬海を信じられないというより、子どもの頃から、いつもちがう相手と一緒にいる冬海の姿を見続けてきた洸にしてみれば、ほとんど刷り込み同然だった。それこそが、冬海なのだ。

そんな冬海をどうすれば振り向かせられるのか。

洸にはわからない。

「つか、らぶらぶな話を聞かせてくれ～」

無茶な要求をしてきた朋春が、ため息をこぼす。

洸は、砂にまみれた足から朋春の横顔に視線を移した。

「そういうおまえこそどうなんだよ」

「あー……」

朋春が頭を掻《か》く。

「どうなのかなあ」

その微妙な表情と口調で、なにかあるのだろうと想像できるが、朋春は洸とはちがう。冬海とも、おそらく愁時ともちがう。朋春は悩まない。悩んだとしても、割り切ってしまえばあとは前に進むのみだ。じつは三兄弟の中で一番前向きで行動力があると、洸は思っている。

「とりあえず、自分の中でけじめをつけるって感じ？」

強い瞳で断言する朋春を前にすれば、羨《うらや》ましいと思う。朋春なら、きっと自分の気持ちを素直に口にして、まっすぐ突き進むのだろう。専門学校に行きたいと愁時を説得したときも、朋春の強い意志があったから愁時は根負けしたのだ。

「おまえってなにげに根気があるし、格好いいよな」

洸がそう言うと、朋春は胸を張り、にっと歯を見せる。

「努力あるのみでしょ」

その言い方が朋春らしくて、洸は肩をすくめた。

努力あるのみ。確かにそうだ。なにをどう努力すればいいのか、たとえわからなくても、ただ手をこまねいているなんて真似はしたくないのだから。

洸の瞼《まぶた》の裏には、ボードを操る冬海の姿がくっきり焼きついている。昔の姿も、先日の姿も、だ。

洸が無理やりねだった、一度きりのあの瞬間はまるで夢のようだった。あのときの冬海が忘れられない。

ボードを自在に操り、波と戯《たわむ》れるような冬海のライディングスタイルに憧れ、冬海自身にも特別な想いを抱いた洸にとって、いまさらサーフィンと冬海を切り離して考えるのは難しかった。

もう一度、とどうしても期待してしまっている。洸の身勝手な願望であろうと、たとえ冬海本人がどう考えていようと、冬海は誰より海が似合う。

「お、いい風が来たんじゃね？」

朋春が腰を上げた。

それとともに海面に浮いて波待ちしていたサーファーたちのボードが一斉に揺れ始める。そろそろ波が来そうだ。

洸も倣って立ち上がったとき、階段を下りてくる冬海の姿が視界に入ってきた。

百八十センチをゆうに超える長身に、長い手足、まるで作り物みたいに整った面差し。冬海は目立つので、遠くからでもすぐにわかる。

ゆったりと砂浜を歩いて近づいてきた冬海は、洸に向かってやわらかな笑みを浮かべてみせた。

「絶好のサーフィン日和だね」

冬海を前にすれば、途端に鼓動が跳ね上がる。心臓は勝手に暴走し始めて、洸はそれを冬海に気取《けど》られないよう努力しなければならない。

「――うん。あとは、いい波が来てくれるのを祈るのみ、かな」

緊張しつつそう告げると、冬海は、ふと遠くを眺めて目を細めた。

「見ててごらん。こういう日は大きな波が来る」

遥《はる》か海の向こうを見つめる冬海の表情に、洸は釘付《くぎづ》けになる。冬海が波を待つのではなく、波が冬海を待っているみたい――過去耳にした言葉を思い出しながら、その綺麗な横顔を見つめた。

鼻の形が好きだ、と思う。

愁時と冬海は顔立ちはよく似ている。鼻のラインや唇の形などそっくりだと言ってもいい。反して、ふたりの印象がまったくちがうのは冬海の雰囲気によるものだった。

冬海の長めの髪が潮風になびく様は、洸をひどく感傷的にさせる。

「洸」

冬海に呼ばれ、洸は慌てて目をそらした。

「ほら」

前方を示されたのでそちらを見ると、冬海の言ったとおり高い波が押し寄せてきた。まるで冬海が呼んだのではと思わせるタイミングに、洸は息を呑《の》んだ。

最初の波をやり過ごしたサーファーが、次の波を目指してパドリングに入る。朋春を捜すと、派手なボードの上で自分の番を待っていた。

いよいよ朋春がパドリングを始める。波がうねり、盛り上がった。

「いまだ」

思わずかけた洸の声は聞こえなかったはずだが、直後、朋春はテイクオフする。今度の波はこれまでで一番高く、厚い。絶好のチャンスだ。

うまく波を捕らえた朋春が、飛沫《しぶき》を上げて舞い上がった。

「朋、すごく上達してる」

もともと運動神経がいいせいか、あっという間にうまくなった。これまでやってこなかっただけで、サーフィンのセンスがあったようだ。

「そうみたいだね。初心者にしては上出来だ。きっとコーチが優秀なんだろう」

冬海がほほ笑む。

それとともに、潮焼けのため色の抜けた髪に触れられ、動揺するあまり睫毛《まつげ》を伏せた。

「一緒にコーヒーでもどう？」

午後三時。エスターテはちょうど休憩時間だ。ふたたび五時から開くが、昼間とはちがいサワー程度の軽いアルコール類がメニューに載る。

「朋春はしばらく戻ってきそうにないから、洸ひとりおいで」

冬海の誘いに頷《うなず》いた洸は、ラッシュガードの上にTシャツを被り砂浜から腰を上げると、冬海の背中を追いかけた。

尻《しり》の砂を手で払いながら、目の前の背中を見つめる。

子どもの頃からずっと飽きることなく見つめ続けてきた背中だ。あの頃はラッシュガードで、いまは白いシャツの背中。なにを身につけていようと、衣服の中の動きまで容易《たやす》く脳裏で再現できるほど、洸は冬海の背中ばかりを追いかけてきた。

「気をつけて」

前を歩く冬海が、振り返らずにそう言った。

「さっきから洸が熱い視線で見つめてくるから、どうしていいか困ってしまう。ふたりきりのときはいいけど、外では駄目だよ」

「……あ」

かっと頬《ほお》が赤らむ。見惚《みと》れていたことに気づかれていたと知り、狼狽《うろた》える。

「ごめ――」

咄嗟《とっき》に謝罪すると、なぜ？　と冬海が肩越しに問うてきた。

なぜ謝ったのか、なんて決まっている。平静を装っているつもりだったのに、じっと見つめてしまってはなんの意味もないからだ。半ば無意識のうちに目を奪われていたなんて、自分が努力しているのかどうか疑問に思えてくる。

「謝る必要なんてないよ。洸に見つめられて困るのは、僕のほうの事情だから」

冬海の双眸《そうぼう》が優しく細められる。

ほっとすると同時に、胸が熱くなった。

あまりに片想いの月日が長くて、冬海が自分を振り返ってくれる、その事実のみで洸は震えるほどの悦《よろこ》びを覚えてしまう。

少し前までは考えられなかった。冬海は自分を避けているのだろうと思っていたし、実際、視線も合わせてくれなかったのだ。

道路を横切り、冬海が店のドアを開ける。アルバイトのふたりはどちらもサーファーなので、休憩時間を利用して海に駆け出したのだろう。誰もいない店内で、カウンター席に足を向けた洸を、冬海が呼び止めた。

「そっちじゃないよ」

二階を示され、一瞬、たじろぐ。

「でも、俺、こんな格好だから」

店には、サーファーたちがたくさん訪れる。ウエットスーツやラッシュガードを身につけたまま、エスターテで食事やコーヒータイムを取るのも彼らの愉《たの》しみのひとつだ。

コーヒーと潮の入り混じった香りは、エスターテの特徴でもあった。

「気にしなくていいから、おいで」

手招きされ、洸は冬海に従い階段を上がった。

二階は、芦屋家の住居だ。洸も子どもの頃から幾度となく訪ねてきた場所だが——それは主に朋春の部屋にだった。

階段を踏む自分の足音がやけに大きく聞こえて、足を忍ばせる。息も殺した洸を、前を行く冬海がくすりと笑った。

「そんなに緊張しなくても、朋春は海だし、愁兄《にい》も仕事で留守だよ」

「…………」

そういうつもりではなかった。愁時や朋春ではなく、冬海の存在そのものが洸を緊張させているのだ。

きっと、冬海とふたりきりでいるという状況に洸自身が慣れていないせいだろう。

冬海の開けたドアから、室内へと一歩入る。

「はい、どうぞ」

冬海の部屋に入るのは、子どもの頃を除けば今回で五度目だ。緊張するあまり同じ場所で立ち尽くすのも、五度目だった。

数えている自分がきもい……口中で舌打ちをしながら、いつものごとく冬海の部屋を目線だけで窺う。

イメージにたがわず、掃除が行き届いている。洸のように好きなプロサーファーのポスターを壁や天井に貼《は》っているわけでもなく、飲みかけのペットボトルをベッドの下に置いているようなこともないため一見して簡素だ。

が、室内に満ちた清潔でほんのり甘さを含んだ匂《にお》いが、部屋全体の雰囲気をやわらげている。まるで冬海そのものだと、この場所に立つたびに洸は思う。

「洸」

名前を呼ばれ、視線を周囲から冬海へと戻した。

思いのほか近くにいた冬海にたじろぎ、反射的に瞳を揺らす。

「あ……コーヒーって」

コーヒーなんて最初からどうでもよかった。自分が冷静になるために持ち出しただけだが、うまくはいかなかった。

髪に触れてきた冬海の手に、洸は息を呑む。ラッシュガードの背中に汗を掻き、うなじが熱を持ち始めた。

先刻から速いリズムを刻んでいる鼓動は、息苦しいほどだ。

「ごめんね。そのつもりだったんだけど」

冬海がわずかに身を屈《かが》め、吐息が頬に触れたせいでますます動けなくなる。どうしていいのか、自分の手のやりどころにすら困り、洸はその場で硬直した。

髪にあった冬海の手がうなじへと滑っていき、指の動きを厭《いや》というほど意識させられる。

「洸はコーヒーのほうがいい？」

冬海の、甘く優しい声で問われて、自力で立っているだけで精一杯だった。

かぶりを振った洸に、冬海が苦笑する。

「そう。よかった。でも、やっぱり半分は洸のせいなんだよ？　洸が、熱いまなざしでじっと見つめてくるのが悪い」

まるで催眠術だ、と洸はぼんやりと考えていた。

冬海の言葉は、洸から思考を奪う。冬海で頭の中をいっぱいにされてしまう。

「そんなに硬くならないで。それから、ちょっとでいいから口を開けて」

優しく命じられるまま身体《からだ》の力を抜き、唇を解《ほど》く。

間近にあった冬海の綺麗な顔が、焦点が合わなくなるほどさらに近づいてきて――唇にあたたかなものが触れた。

舌先で唇と前歯を宥《なだ》めるように舐《な》められ、まるで発熱したときのようにぼんやりしてくる。

昂揚《こうよう》するあまり洸はふらりと身体を傾《かし》がせた。

「洸――」

長い腕に抱き留められる。

Tシャツが頭から抜かれた。

「ラッシュガードは、自分で脱げる？」

そう言われて、自信はなかったものの頷いた。こうなれば、どうして普通の服を着ていなかったのかと的外れな後悔もする。

もういいと、冬海に突き放されるのがなにより厭だった。

何度してても慣れない、うまくならない。そんな自分がもどかしくて、ラッシュガードを脱ぐ手に力が入る。

こんな状況はもう何回かあるのにと思えば、いままでの数回の経験が頭の中を駆け巡っていき、急激に羞恥心《しゅうちしん》が芽生えてきた。

「どうしたの？　手伝ってほしい？」

シャツを脱ぎ捨てた冬海がほほ笑み、洸の顔を覗き込んだ。冬海の身体をまともに見ていられなくて睫毛を伏せると、肯定の意味に取ったのか、冬海が手際よく洸からラッシュガードを取り去っていく。

あっという間に全裸をさらすはめになった洸は、見られていることがいっそう恥ずかしくなり、居ても立ってもいられず冬海に抱きついた。

「早くしたい？」

揶揄《やゆ》されて気がついた。確かに、裸で抱きつくなんて早くと急《せ》かしているも同然だった、と。

いまさら離れようとしても手遅れだ。冬海の手が身体に触れてくると、洸はなおさら動けない。

「冗談だよ。洸は恥ずかしいんだよね」

耳許《みみもと》で優しい声が宥めてくる。

「ごめん。意地悪したんだ」

普段よりも少しだけ低い冬海の声は、まるで蜂蜜《はちみつ》でも溶かしたかのように甘くて、自分も一緒に蕩《とろ》けてしまいそうな錯覚に陥る。

他のことなんて考えられない。自己嫌悪も理性も、すべて消え去る。

「洸が僕をもっと欲しがればいいって思ったから」

そんなの最初からなのに、そう言いたかったが、うまく言葉にはならなかった。冬海を感じて、身体じゅうに痺《しび》れが走った。

笑みを象《かたど》った唇が近づき、こめかみに触れてくる。

「こんな僕は厭？」

厭なわけがない。厭になれればとどれほど願ったことか。けれど、子どもの頃から一度として冬海を厭だとは思えなかった。

視線すら合わせてくれなかった八年間も、好きでもないのに恋人を演じていたあのときも、洸はひたすら冬海を好きだった。

「冬海さん――」

少しは俺を好きになってくれた？

初めての恋に落ちてくれた？

そう問う代わりに、ふたりきりのときだけはと約束した呼び方を口にする。少し困った様子で眦《まなじり》を下げた冬海に、泣きたくなるほどの想いがこみ上げてきた。

どうか好きになって。恋をして。

一心に願いながら、洸は両腕を冬海の背中に回した。


目が覚めたとき、一瞬、自分がどこにいるのかわからなかった。周囲を見回し、裸で寝ころんでいる事実を認識し、初めてここが冬海の部屋であることを自覚する。

ベッドから飛び起きた洸は、冬海の姿がないと気づき、慌てて壁の時計に目をやった。いないのも当然だ。すでに五時半になろうとしていた。

「……嘘だろ」

どうやら寝入ってしまったらしい。後始末もすんでいる。

なにをやっているんだと毒づき、ベッドの足許に置いてある着替えに手を伸ばす。冬海が用意してくれた衣服は、朋春のものだ。髑髏《どくろ》がプリントされた綿のプルオーバーを、あいかわらずの趣味だと思いつつ身につける。

いったい自分はいつから意識を飛ばしてしまったのかと、冬海の部屋に入ってきたときから思い出していった。

ベッドで冬海の身体にしがみつき、あとは夢中だった。冬海に触れられるとなにも考えられなくなり、されるがままになってしまう。

――洸、気持ちいい？

問われて、首を縦に動かした。

――でも、泣きそうな顔してる。

それは当然だった。

ずっと好きだった相手なのだ。

だからこそ冬海との行為にも早く慣れたいと思っている。いまは冬海に翻弄されっぱなしでなにもできないので、自分からなにかしたいという気持ちが強かった。

冬海が洸にしてくれるように、洸も冬海を悦ばせたい。

そこまで考えて、自分の思考が恥ずかしくなり、眉《まゆ》をひそめた。ひとの部屋でなにを想像しているのかと呆れる。

ジーンズを穿《はす》いて、身につけていたラッシュガードを手にして部屋を出る。ちょうど同じタイミングで斜向かいのドアが開いた。

欠伸《あくび》をしながら姿を現したのは、朋春だ。

「あー……いたんだ」

朋春は、見てはいけないものでも見たかのような表情になり、頭を掻く。朋春の衣服を借りている洸は、気まずさのあまり「ああ」と気のない返事をした。

寝入ってしまった自分の愚かさを悔やむ。洸が、自分の服を身につけ冬海の部屋から出てきた理由に、朋春は気づいているはずだ。

「……あのさ。俺、さっき意気投合した奴がいてさ。そいつと夕飯食べる約束したんだ」

唐突に別の話を切り出されて、洸も平静を装う。ここで洸が顔を赤らめてしまったら、なおさら朋春は困るにちがいない。

「新顔？」

地元のサーファーや長年通ってくる常連ならみな顔見知りなので、名前を口にするはずだ。という意図の問いかけには肯定が返った。

「三ヶ月前に一度来たきりだってさ。ああ、けど、まったくの初心者じゃない。まあまあうまいよ。洸とは比べものにはならないけど」

この台詞は朋春らしいと思う。

初対面の相手と、おそらく会話が弾んだのだろう。朋春は物怖《ものお》じしない性格だし、誰とでもうまくつき合える。

——じゃあ、飯でも食いにいく？

意気投合すれば気軽な言葉で誘ったとしても不思議ではなかった。これまでも、ナンパしたと言ってエスターテに連れてきた者は何人もいるし、彼らとは現在も友人関係を築いている。

社交的という部分では、愁時や冬海は朋春の足許にも及ばない。

「そいつ、金森《かなもり》っていう奴なんだけど、洸のこと知ってたよ。やたらうまいサーファーだから目立ってるって。思わず、俺の先生だって自慢しちゃったよ。ついでに洸の先生は俺の兄貴だったって言ってやった」

胸を張る朋春に、苦笑する。

「そいつ、反応に困っただろうな」

「や、でもない。めっちゃ興味津々だった。あれは、洸にかなり心酔してると見た」

朋春がそう言い、洸は心中で訂正する。もし彼が心酔しているというのが事実だとすれば、やはり相手は冬海だ。

洸はずっと「冬海のコピー」「冬海二世」と言われてきた。それが誇らしかった。

冬海は、誰より綺麗なフォームでボードをコントロールし、荒々しい波さえ思いのままに操った。

ボードに乗る冬海の姿を瞼の裏で再現する。

滑《なめ》らかに、踊るように波間を滑り、飛ぶ。青い空と白い飛沫はまるで冬海のために用意されたように見えた。

だが、それはもう昔のことだ。現実の冬海が海に帰ったのは、洸が無理やりねだったあのときの一度きりだった。

ブランクがあるからと本人が言ったとおり、確かに昔の冬海なら楽々と乗りこなしたはずの波でバランスを崩してしまったけれど、見る者を魅了するその美しいライディングスタイルは変わっていなかった。洸は一瞬にしてタイムスリップした。

もう一度あの姿を見たい。

そう思うのは我《わ》が儘《まま》だろうか。

「洸も行かねえ？」

朋春の誘いに、洸は冬海の姿を脳裏に描いたままため息を押し殺した。

「俺、他に約束がある」

「なんだ。残念」

朋春が黒目をぐるりと回した。その表情が愁時そのもので、思わず吹き出す。顔立ちの似ている冬海より、朋春のほうがよほど愁時に似ている。洸が冬海のコピーだというなら、仕種や表情が似ているという点で朋春は間違いなく「愁時のコピー」だ。

「友だちと？」

「そう。休みで帰ってきたとき短期のバイトとか紹介してくれる奴だから、ドタキャンはできない」

しようがないな、と朋春は首の後ろを掻く。

「けど、わざわざ紹介してもらわなくたってバイトなら俺んちでやればいいんじゃね？　冬兄だって、そう言うと思う」

この言葉には、故意に返答を避けた。

確かに、もし洸がエスターテでアルバイトしたいと言えば、冬海は承知してくれるかもしれない。そうしないのは洸自身の問題だった。

冬海に熱い視線を送る客を見たくないという情けない理由だ。誘われている場面なんて目にしてしまったら、疑心暗鬼になってしまう。仕事にはならない。

冬海を問いつめるような真似は避けたかった。問いつめるということは、誰に誘われても断るという冬海の約束を信じていないと、そう言っているも同然なのだ。

朋春に手を上げ、階下に下りる。

テーブル席はほぼ埋まっていて、冬海もふたりのアルバイトも忙しそうだった。そっと出ていこうとした洸に、カウンター席の中から声がかかる。

「洸」

冬海に呼ばれて洸は、ドアへ向けていた靴先をカウンター席へと変えた。

「帰るの？」

冬海の目には、洸の体調を気遣う色が見て取れる。その意味を察し、恥ずかしさから無言で頷いた。

「そこに座って。いまコーヒー用意するから」

優しい笑み。優しい言葉。

少し前までなら考えられなかった。話しかけるどころか、目を合わそうともしてくれなかった頃から思えば、いまの状況はまるで夢のようだ。ふわふわとして落ちつかないところも、現実味を薄くする。

「いい。俺、友だちと約束してるから」

洸がそう言うと、冬海の眉間《みけん》に微かな皺《しわ》が刻まれる。が、それはほんの一瞬で、いつものやわらかい笑みに戻った。

「そう。なら仕方がないね。いってらっしゃい」

顎《あご》を引いた洸は、冬海が仕事に戻るのを目の隅で確認しつつ、エスターテをあとにした。

コーヒーを飲む時間くらいならあったのに――と自己嫌悪に陥りながら。

無視されていたときは、自棄《やけ》みたいにエスターテに通っていたというのに、いまになって居づらくなるなんて自分でも馬鹿みたいだとわかっている。

ようするに、独占欲だ。

誰となにを話したのか。なにを考えているのか。冬海のことならすべて気になるし、知りたいと思う。

自分ですらうっとうしいと感じるのだから、冬海が知れば確実にうんざりするだろう。

だから洸は、冬海の前では懸命に冷静を装う。一瞬たりとも気が抜けない。冬海に好かれたい、面倒だと思われたくない、その一心ゆえだ。

己の欲深さを突きつけられた気分だった。

冬海に振り向いてほしい。ちょっとでいいから目を合わせてほしい。最初はそれだけだった。が、叶《かな》ったいまは、他の誰にも渡したくないという欲が芽生えてしまった。冬海にはけっして言えないが。

上空の流れる雲を見上げる。

もう一度、風がきそうだ。冬海の言ったとおり、絶好のサーフィン日和にちがいない。ウエットスーツやラッシュガードに身を包んだ者たちで賑わっている海岸を横目に、洸は角を曲がった。

すぐそこが洸の家だ。芦屋家とは目と鼻の先、俗に言うスープの冷めない距離にあった。

この近さが、自分にとって幸運なのか不運なのかわからない。すぐ近くだからいまの自分があるのだと思えるし、もう少し離れていたなら、多少は冷静になれたかもしれないのに、とも考える。

ようするに、過去にこだわっているのは洸も同じなのだ。いまだ洸は、自分が輝の弟だからではないかとか、同情ではないかとか、疑念を完全に拭《ぬぐ》えずにいた。いや、一生拭えるものではないのかもしれない。

洸が、冬海の親友だった輝の弟であるのは事実なのだから。

それに関して冬海は関係ない。洸自身の気持ちの問題だ。

舌打ちをした洸は、母親の趣味である花の植えられたプランターを跨《また》ぐと、乱暴に玄関のドアを開けた。

2

いつの間に出ていったのか、朋春は今日も朝食を摂《と》らず海に行ったようだ。どうせその場限りのノリだろうと軽く考えていたが、どうやらそれは勘違いだったらしい。思いのほか続き、朋春は本気でうまくなろうと努力している。

だが、朝食を抜くのは感心できない。休みの日はまだしも学校がある日もそのまま行ってしまうので、わざわざこうして声をかけに海へと出向くのだ。

冬海は、店に下りたその足で外へ出た。

道路を横切り、海岸へ向かう。浜辺に下りるまでもなく階段の上からでも朋春の姿はすぐに見つけられた。

そろそろ海水の温度が冷たく感じられ始める季節だというのに、朋春が身につけているのは膝《ひざ》上のウエットパンツのみだ。

一緒にいるのは——洸ではない。

階段を下りた冬海は、談笑しているふたりに歩み寄った。

「朋春」

冬海の声に、朋春の視線がこちらに向く。

「冬兄」

めずらしく、子どもの頃のような屈託のない笑みを浮かべて手を振ってきた。

朋春は、愁時ほどには冬海に頼りきっていない。それは、冬海自身が、たとえ兄弟に対してであろうと一線を引いているのと無関係ではないだろう。朋春の場合は、洸との関係についてもまだ多少の疑念が残っているようだ。

――洸を泣かしたら許さねえ。

以前発したあの言葉が、すべてを表している。

「朝食くらい食べないと」

冬海の小言などどこ吹く風だ。朋春は笑顔で傍に立つ青年を指差した。

「金森宏典《ひろのり》。知り合ったばっかりなんだけど、俺と同じでいま頑張ってる最中。で、こっちが俺の兄貴で洸の師匠、芦屋冬海」

得意顔で紹介する朋春に、冬海は、目礼した青年を見た。

年齢は洸と同じくらい、二十歳《はたち》前後だろう。身長は朋春よりやや高い。朋春が百七十六センチだというので、百八十に少し足りないくらいか。

二重の目にまっすぐな鼻梁《びりょう》、薄めの唇。短く整えられた黒髪は、まだ彼がサーフィンを始めて間もないことを示している。洸もそうだが、マリンスポーツを長くやると髪は潮焼けして色が抜けてくる。艶《つや》やかさとは無縁だ。

それから、洸は鼻にそばかすがある。近づいて初めて気づく程度の小さなものだが、キスするたびに冬海はそれを見るのが愉しみだった。

ぱさぱさとした洸の髪の手触りを手のひらによみがえらせながら、目の前の青年——金森にほほ笑みかけた。

「僕が誰の師匠だって？」

朋春が「洸」の師匠だとわざわざ口にしたからには、彼は洸を知っているのだ。朋春ほど社交的でも積極的でもない洸は、他人と打ち解けるのに時間がかかる。

「だから洸の師匠。金森って、洸のファンなんだよな」

冬海の気も知らず、朋春は金森に同意を求める。

「ファンっていうか」

彼は照れくさそうに上目で朋春を制したが、恥ずかしがるくらいなので「洸のファン」というのは事実らしい。

「洸はうまいからね」

冬海の言葉に、まるで自分が言われたかのように朋春は胸を張る。

「ほんと洸は、悔しいくらい格好いいんだよな。あ〜、俺も早くうまくなりてえ」

本気だというのは十分伝わってきた。だからこそ、暇さえあれば練習しているのだろう。

「焦ってもしょうがないよ。洸は子どもの頃からボードに乗っているんだから」

冬海の背中を追いかけてばかりいた頃の洸を思い出せば、胸の奥が疼《うず》く。冬海を見つめる洸のまなざしはあの頃からあまり変わっていないような気がする、というのはうぬぼれすぎだろうか。

「信じられないくらい綺麗ですよね、ライディングフォーム」

金森が口を挟む。

「彼が海に出ると、俺だけじゃなくみんな見てますよ」

洸を語る金森の顔を、冬海は熟視した。洸がうまいのはいまさらだし、目を惹くというのもその通りだろう。同じサーファーとして金森が洸に憧れる気持ちも理解できる。

店を訪れる多くの若者と接しているため、洸が目立つというのも十分わかっていた。

外見以上に、洸の纏っている空気によるものだ。他の子のようにはしゃがない。おとなしいというわけでもない。実際、負けん気は強いほうだ。内側で静かに闘志を燃やすタイプの洸は、目線ひとつに独特のムードを持っている。

だが、冬海自身は金森に同調する気分ではなく聞き流した。

「だろだろ？　でさ、その洸は、じつは冬兄のコピーなんて言われてるわけ」

朋春がそう言うと、金森の目が冬海へと向く。

「カフェのマスターだけじゃなくサーフィンをやられるんですね」

「いや」

その視線が、なぜかひどく癇《かん》に障《さわ》った。

「昔の話で、もう何年もやってないんだ」

そう言って、金森に笑みを向ける。朋春がなにか言いたげな顔をしたが、半身《はんみ》を返すことでさえぎった。

朋春がなにを言いたいのか、聞かなくともわかっている。この前、一度きりとはいえボードに乗った。あのときのことを朋春は持ち出したいのだろう。

あれは、洸のためのパフォーマンスだった。

再開したいと思うほどの熱は、冬海の中にはもうない。遠ざかっている間に冷めてしまったようだ。

「適当なときにご飯食べに帰っておいで」

そう言い残し、ふたりから離れる。いったん足を止めて振り返ると、

「洸は？」

と聞いた。

洸が戻ってきている間、朋春のコーチは洸だ。

今朝は姿が見えない。

「そうなんだよ。まだ来ない。昨日、友だちと会うようなこと言ってたから、飲み過ぎたかな」

その話は冬海も聞いた。

コーヒーでも飲んでいかないかと誘った際、友人と会うのを理由に断られたのだ。洸が自分の誘いを断るとは思っていなかったので、少なからず驚いた。

先約があるなら当然の返答だというのに、どうしてか冬海は、洸は自分の誘いを断らないものだと決めつけていた。

「あ、噂《うわさ》をすれば」

朋春が、右手を高く上げる。

洸が足早に歩み寄ってきた。

「ごめん。遅れた」

朋春に謝罪しながら、洸の意識はさりげなく冬海に向けられている。そのささやかな気持ちの表し方が洸らしい。

「待ってたんだよ。洸に手本見せてほしくてさ」

なあ、と朋春が金森に水を向ける。

金森は頷き、洸へとまっすぐ向き直った。

「初めまして。金森宏典です」

自己紹介を受けた洸は、金森に遠慮がちな会釈をする。

「友成《ともなり》です」

その様子を前にして、冬海はまた昔を思い出していた。冬海の友人を紹介した際も、洸は硬い表情で会釈をするだけだった。冬海に見せる笑顔とはまるでちがう、警戒心をあらわにしたその態度は、冬海の目にはことさら可愛く見えた。

あの頃と変わらない姿を見せられると、洸は不本意かもしれないが、やはり可愛いなと思ってしまう。

「いつも見てたんです。すごくうまいから」

朋春が「洸のファン」と言うまでもなく、金森は自分から洸に寄っていく。

洸はいっそう身構える。

逆効果だ、と冬海は金森に同情した。

他の人間のように、親しみを見せればすぐに心を開いてくれると期待しても無駄だ。信頼関係ができる前に近づけば、洸はより距離をとろうとする。

「まだ下手だけど、俺も練習して少しでも近づきたいって思ってるんですよ」

洸の反応が薄いせいか、金森はやけに積極的だ。

——いくら煽《おだ》てても、洸には通じないよ。

心中でそう言い、冬海はふたりの間に割って入った。

「洸。朝食がまだならうちにおいで」

割り込まれたと思ったのだろう、朋春が「えー」と抗議の声を上げる。が、耳を貸さない。

そもそも朝食を抜くのが悪いのだ。

「きみもどう?」

金森にも声をかける。

「朋春の友だちなら、朝食くらいご馳走《ちそう》するよ」

金森は一瞬緊張の様子を見せたものの、すみませんと謝罪してから頷いた。そして、冬海の後ろを、ぶつぶつと不平を洩《も》らす朋春と肩を並べてついてきた。

「昨夜遅かったんだ?」

洸への問いかけだ。

洸は冬海の隣を歩きながら、頷いた。

「カラオケに行って、うちに帰ったのが四時近かったから」

「四時? 悪い子だね。おばさん、心配しただろうに」

横目で確認すると、洸の言うとおり寝不足なのか白目は赤く、下瞼はぷくりと腫《は》れていた。

「遅くなるときは、先に寝てるから」

答える洸の声は微かに上擦《うわず》る。冬海の視線を意識してか、睫毛が震えた。

「おばさんは慣れてるってこと? それじゃ、ますます洸は悪い子だって思えてしまうな」

「…………」

言い訳しようと開かれた唇が、なにも発さないまま閉じられる。その代わりに、日焼けした頬が微かに染まったのがわかった。

冬海の意味深長な視線と言葉のせいだろう。冬海にしてもその意図があったので、洸の反応に満足する。

道路を渡り、店のドアを開けた。冬海のあとから、洸、朋春、金森の順で中へ入った。カウンター席に座った三人に、トーストとコーヒー、サラダ、ベーコンエッグというオーソドックスな朝食を出す。半熟が苦手な洸の卵のみは両面焼いて固めに仕上げた。

朝食を摂る時間を惜しんだ朋春が真っ先に食べ始める。大きな口でトーストに齧《かぶ》りつき、ろくろく嚙《か》まずに飲み込む。

もっと落ち着いて食べなさいという注意をこれまで何度もしてきたが、現在の朋春を見る限り無意味だったらしい。

「お兄さんのご飯を食べられるなんて、羨ましいな」

サラダを口に入れた金森が、冬海にちらりと上目を投げかかる。その目はすぐにまた朋春に戻された。

「そう？　俺、冬兄の飯で育ってきたから、それが普通っていうか」

答える間も朋春はフォークを動かし、口に運んでいる。

「俺のお袋の味は、冬兄の料理」

会話するのは、もっぱら朋春と金森だ。洸が聞き役に回るのはいまに限ったことではなく、それが洸の性分だった。

「お袋の味か――うちの母親、料理下手で厭になる」

ため息混じりで金森がこぼす。

「あー、まあ、まずいのは厭かもなあ。それを考えれば、確かに冬兄が料理できてよかった。愁兄は、てんで駄目なひとだから」

朋春が同情を示す。

「愁兄って、一番上のお兄さん？　兄弟仲がいいんだね」

「まあ、仲はいいほうだろうけど、愁兄は口うるさいのなんのって」

話が弾んでいる様子のふたりから、冬海は洸へと視線を移した。

「コーヒーのおかわりは？」

洸がかぶりを振る。その拍子に、色の薄い髪がぱさりと弾んだ。

「大丈夫――忙しいのに、ごめんなさい」

洸らしい気遣いだ。開店前に手間をとらせてしまったと思っているのだろう。

「どうせ朋春のご飯を用意しなきゃならないからね。それに、洸は遠慮しなくていいんじゃない？」

暗に自分たちの関係を仄《ほの》めかした言い方をする。実際、洸がなぜ気を遣うのか冬海にしてみれば不思議だった。

大概の人間は、親しくなったとみるや、一気に近づいてくる。なにかと触れたがり、自分の望みを押しつけてくる者も少なからずいた。

洸にはそれがない。

恋人関係になってからも一定の距離をとろうとする。

「弟さんにサーフィンを教えてるから、その特権ですね」

ふいに、金森がそう言った。

多少子どもっぽいと思う以外、表面上はごく普通の発言だ。が、冬海を一瞥《いちべつ》した視線は、とても普通とは言い難かった。激情を含んでいて悪意すら感じる。

「特権というか、僕がしたくてしてるんだよ」

気づかなかったふりをして金森に笑いかけた。冬海は、癇に障る相手であればあるほど頭が冷えていくたちの人間だ。金森に対してひどく冷静でいられるのは、そのせいだった。

「そうですか。なら、頼んだら俺にもサーフィン教えてもらえるかな」

これまで朋春とばかり話をしていた金森が、朋春を越して洸へと水を向ける。いつのまにか口調も親しげに変わっていた。もともと多弁なほうではなくもっぱら聞き役に徹していた洸は、突如自分に話を振られて一瞬戸惑いを見せたが、精一杯の愛想を掻き集めたのだろう、薄い笑みを浮かべた。

「――教えるっていうか、とにかく実践で回数こなすしかないから」

洸の言うとおりだ。基礎はともかく、その先は資質と情熱だ。海に通いつめて、うまいサーファーの技術を盗んで自力で上達していく。みな、そうやって努力しているのだ。

朋春がうまく波を摑《つか》まえられるようになって以降、洸がほとんど口出ししなくなったのも同じ理由のためだった。いや、それ以前に、洸は朋春だから教える気になったのであって、他の人間だったら断っていたはずだ。

「わかってるけど、独学だから不安なんだよ」

金森は食い下がる。洸が承知するまで退《ひ》かないつもりらしい。

「……アドバイスくらいなら」

根負けした洸の返答に、金森は瞳を輝かせた。

「やった！　友成くんに習ってるって言ったら、きっと友だちが羨ましがる」

そのはしゃぎっぷりがますます洸の重荷になるようで、面差しに微かな困惑が浮かぶ。幼馴染みだけあって朋春は気づいたようだ。

「よけいなこと言わないほうがいいんじゃね？　洸に習いたいって奴が殺到して、金森さんがその列に並ぶつもりならべつだけど」

すぐさま援護する。案外朋春は、専任コーチが専任ではなくなるのを厭がっただけかもしれないが、洸にとっては助け船になっただろう。

「……ああ、そうか。それは、厭だな」

金森が笑みを引っ込める。

厭と言うからにはこの話はこれで終わったかと思えば、そうではなかった。コーヒーカップを手にスツールを立つと、金森は朋春を回り込んで洸の隣に腰を下ろした。

「俺、穴場知ってるんだけど」

やけに積極的だ。

金森に身体を乗り出されて、洸がわずかに身を退いた。

「穴場？」

「そう。穴場。この前教えてもらったんだ。そこに行ってみない？」

金森の誘いを、洸はやんわり拒絶する。

「せっかくだけど、明後日《あさって》には向こうに帰らなきゃいけないから」

返答を濁して相手に期待させることはしない。

無口な相手とみると、とかくおとなしい性格に思いがちだ。洸に対して、自分が主導権を握ったかのように錯覚したとしてもしようがない。金森は洸を知らないのだ。

「明日は？　明日行こうよ」

なおも強引に出る金森に、洸の返答は最初と同じだった。

「ごめん。行けない」

きっぱりと辞退され、金森の顔が強張《こわば》る。

「用事があるんだ？」

なかなか根性のある性格らしくなおもしつこく誘おうとする金森に、無駄だよと声には出さずに冬海は答えた。

洸は簡単に気持ちを変える人間ではない。手強《てごわ》いという意味では、さしもの朋春でも太刀《たち》打《う》ちできないほどだ。

「用事はないけど、すぐ向こうに帰らなきゃいけないから、ゆっくりしたい」

忍び笑いを洩らした冬海は、金森に同情を覚えながら、彼がさっきまで座っていた場所にコーヒーのおかわりを置いた。

「悪いね。じつは僕が先約なんだ」

冬海の言葉に誰より驚いたのは、金森ではなかった。洸が目を見開いた。約束というのは方便なので、この反応になるのだ。

「じつは、しばらくやめていたサーフィンをまた始めようと思っているんだ。もちろん遊び程度にだけど。ブランクが長いから、洸に付き添ってもらってる」

ね、と目配せをする。

洸は瞳を彷徨《さまよ》わせていたが、無言で頷いた。

「そうだったんですか」

金森が笑顔になる。その後に続く言葉は予測できたので、先回りをして釘を刺した。

「みっともないところ見せたくないから、洸と僕だけの秘密の特訓なんだ」

金森からなんの返事もない。さすがにあきらめたのか黙ってコーヒーを飲むと、スツールから腰を上げた。一礼でカウンターテーブルから離れる。

「俺は明日休みだから、つき合うよ」

気を利かせた朋春が金森のあとを追いかけた。その前に、おとなげない対応をした冬海に非難の視線をちらりと流すのを忘れなかったが。

金森と朋春が店を出ていき、洸とふたりになる。

洸は、開店時間を気にして壁の時計に一度目をやってから、口を開いた。

「……冬兄は、あれからぜんぜんやらないね」

サーフィンのことだ。洸が、それに関して気にしていると容易く想像できる。

洸にとってサーフィンは生活の一部だ。そして、洸にとってのサーフィンの印象は、冬海そのものなのだろう。

「べつにやらないって決めているわけじゃない。ただ、再開する理由もなくて」

確かに、過去の数年間、洸同様冬海にとってもサーフィンはなにより大切なものだった。ボードに乗らない自分など考えられなかった。

が、いまはちがう。サーフィンをしなくても生きていける。自分の中でサーフィンの占める割合をゼロにしてからもう何年もたってしまったので、いまさらそれを変えようとは思わないというのが正直なところだ。

「俺が――」

洸が、言いよどんで唇を舐める。

視線で促すと、その重い口を開いた。

「俺が、見たいからっていうのは理由にならない？」

そうきたか、と冬海は苦笑する。

先日の一度は洸のためだった。洸の望みなら理由には十分だし、ふたりでサーフィンをやればきっと愉しめるだろう。

が、あえて冬海は明言を避けた。

「そうだね。考えておくよ」

洸がほほ笑む。その面差しにはあらゆる感情が含まれていた。

とかく感情を内にため込む洸の考えていることを知るには、些細《ささい》な表情の変化を見逃さないようにこちらも気をつけなければならない。いまの洸は、不安と期待の入り交じった顔をしている。自分でも悪趣味だとわかっているが、それこそが冬海の望んだものだった。些細な洸の変化を冬海は見たいのだ。

「洸」

カウンターを回り込み、洸の背後に立つと、肩に手を置いた。

「サーフィンをしない僕には興味がない？」

これも悪趣味だと思う。実際、洸を困らせたくて聞いている。

「そんなこと……」

洸が身を硬くした。緊張が、ダイレクトに伝わってくる。

「じゃあ、好き？」

「…………」

「ちゃんと言ってほしいな」

肩に置いた手を滑らせ、背後から抱き寄せる。途端に、洸の呼吸が上がった。

「好……き」

消え入りそうなほど小さな声が発せられる。洸の一言を耳にした冬海の鼓動も、伝染したかのように速くなっていった。

心地いい昂揚を覚え、首筋に唇を埋める。

「聞こえない、洸。ちゃんともう一回言ってくれなきゃ」

「ふ……ゆ兄……」

震える声を聞くと、胸の奥が甘く疼き、なおさら洸を困らせたくなる。

「ねえ、言って」

洸、と甘く名前を呼び、ねだる。

洸は、一度深呼吸をしてから冬海の望みを叶えてくれた。

「好き……冬海さん」

冬兄ではなく、冬海と呼び方を変える洸の駆け引きを可愛いと思う。洸の肌に染みついた太陽と潮の匂いを嗅《か》ぎ、冬海は頬に口づけた。

そのまま唇を奪おうとするが、洸自身に阻まれる。身を捩《よじ》ってかわされたことが腑《ふ》に落ちず、なぜと視線で問いかけた。

洸は、壁の時計を指差した。

「開店時間」

洸の言うとおりあと十分程度で開店の時刻だ。震えるほど緊張して、息も上がっているというのに時間はちゃんと把握しているなんて——冬海にしてみれば面白くない事実だった。

好きというならたとえ一分だろうと長くいたいと願うものではないのか。少なくとも、過去に告白してきた相手は一分でも長く冬海を束縛したがった。

「十分あれば、キスくらいできると思うけど？」

冬海がそう言うと、洸は浅黒い頬をうっすらと染めた。

「キスしたら……帰りたくなくなるから」

一言でスツールを立って、逃げるように出ていく。自分の言葉を恥ずかしく思っているのだ。無理やりにでも引き留めたいが、そうすれば冬海自身、十分で手放せるかどうかわからなかった。

「洸」

声をかけると、ドアノブを摑んだ洸が手を止める。

「明日。店も休みだし、ふたりで海に出ようか」

冬海の誘いに、勢いよく振り返った。

その目は輝き、これまで一度も見たことがないほど喜びに満ちあふれている。もとより他の若者のごとくはしゃぎはしないが。

「約束だから」

弾む声音《こわね》で念を押したあと、足取りも軽く店を出ていく洸の後ろ姿を見送り、冬海は目を細めた。

素直で、純粋な洸。

冬海から見れば、まるで澄みきった海さながらに洸は無垢《むく》だ。

「僕のどこがいいんだろうね」

おそらく洸は冬海が初恋で、冬海以外の人間に恋をした経験がないのだろう。それを思えば、同情すら覚える。

いったい自分のどこを見て好きになったのか、冬海自身が不思議になるほどだった。

洸の去ったドアに足を向けた冬海は、close のプレートを裏に返すために外へ出た。

自宅へと歩いていた洸は、金森とばったり鉢合わせする。偶然ではないだろう、おそらく洸が店から出てくるのを待っていたのだ。

朋春の姿はない。海に戻ったようだ。

朋春は学校に通う傍《かたわ》ら、暇さえあればサーフィンの練習に明け暮れている。休みの日はもとより、学校に行く前の短い時間も費やしている。

「ちょっと話できるかな」

金森の、くっきりとした二重の目には不信感が窺えた。先刻誘いを断った件で洸に不満でも言うつもりかもしれないが、どれほど誘われても受けるつもりはなかった。明日の冬海との約束で洸の頭はいっぱいだ。

「――なに」

洸の問いかけに、金森は意外な名前を口にした。

「芦屋さんなんだけど」

朋春ではない。となれば、冬海のことだ。

「冬兄が、どうかした？」

冬海の話題が出ると、どきりとする。これまで冬海の噂はもっぱら女性関係だったし、昔から冬海を知っている近隣の人たちですら、その点に関してけっしていい顔をしなかった。洸が警戒してしまうのは条件反射と言ってよかった。

「俺、嫌われたのかな」

金森が眉をひそめる。なぜ急にそんなふうに言い出すのか、真意がわからず金森を熟視すれば、金森は言いづらそうに何度か唇に歯を立てた。

「言葉の端々に、棘《とげ》を感じる。友成くんだって気づいてるんじゃない？　あのひと、もしかして俺が友成くんと親しくするのが気に入らないのかな」

「そんなこと……ないだろ」

即座に否定しながら語尾が上擦った。

冬海に嫌われているというのは金森の勘違いだろうが、冬海と洸に違和感を抱いた、その事実に戸惑ったのだ。

平静を装っているつもりでいた。誰にも気づかれない自信もあった。

けれど、金森がおかしいと思ったのだとすれば、それは洸のせいだ。洸は、冬海の一挙手一投足を無視できない。ひとつひとつに反応してしまう。

「芦屋さんって、どういうひとなんだろう。じつは、二、三回お客さんと親しく話しているのを見たことがあるんだけど、あまりいい噂聞かないし。まあ、格好いいっていうのは認めるけど、誰とでもっていうのはちょっと」

金森は、心底不快そうに顔をしかめる。

冬海についてどんな噂を耳にしたのか、いまさら確かめる必要はなかった。

「――でも、いまはちがう。以前はそういうときもあったかもしれないけど」

「以前って」

洸の反論に、金森はさも可笑《おか》しそうに鼻を鳴らした。

「知らないの？　つい一週間ほど前も女のひとと一緒にいたよ。彼女のほうが芦屋さんのファンらしくて積極的だった。でも、受け入れた時点でどっちもどっちだよね」

「…………」

落ち着け、と心中で何度も唱える。洸を動揺させるには、これ以上の言葉はなかった。鼓動がうるさいほどの音で脈打ち始め、思考はストップする。たったいま金森から聞いた話が、くりかえし耳の中でこだまする。

一週間前。洸が戻ってくる前だ。自分がいない間の出来事なら、嘘だと否定できない。

「信じてない？　なら言うけど、俺の友だちが、その彼女と知り合いなんだよな。で、その夜のことも相談受けたらしい。彼は、相手構わずで、誰にも本気にならないって」

「…………」

後半はほとんど耳に入ってこなかった。

それほど強いショックを受けていた。

確かに洸は、誰に対しても断らない冬海のことを不安に思っていた。断ると言ってくれたあの言葉を信じたい一方で、果たして自分が冬海を変えられるだろうかという疑念を常に抱いていた。

冬海は約束を守ってくれる。そう思えば思うほど、自分の存在に疑いを持ってしまう。輝の弟。その事実は変えられない。もしかして冬海はまだ、輝の弟だからという意識に縛られているのではないか。これまで誰にも本気にならなかったという冬海が、自分にだけ本気になってくれるのか。

それを、どこかで洸は恐れている。自分と他のひとのちがいが、親友の弟という以外見つけられなかった。

「俺、芦屋さんみたいなタイプ苦手だから、もしかして態度に出ているのかな。そのせいで、芦屋さんにも嫌われるのかも。でも、やっぱり普通じゃないよ。誘っている人間の中には、真剣ってひともいるだろうに。そういうひとの気持ちを、結果的に弄《もてあそ》んでるってことになるんじゃない?」

金森の口上はほとんど耳に入れず、洸は唇を引き結んだ。

冬海の行為が愚かしいものだと、誰でもわかっている。誘うほうを責めるのが筋違いだということも。

それでも、冬海の苦悩を知らない人間にとやかく言われるのは我慢ならなかった。八年間、冬海がどれほど苦しんできたか。ひとりで兄の墓参りをしながら、先日まではけっしてうちを訪ねてこようとはしなかった。

ずっと自分を責めてきたためだ。輝を死なせ、両親や洸から大事な肉親を奪ってしまった——冬海はそう思い悩んでいた。

「金森さんに言われなくても、自分がよくないってことは冬兄自身が一番わかってる」

言外に、知らない人間は黙っていてほしいと告げる。金森の話にはショックを受けたが、それ以上に不愉快だった。

金森が、洸を凝視してくる。その双眸には、疑心のみならず苛立《いらだ》ちも滲《にじ》んでいた。

洸にしても、適当な言葉で取り繕うという気持ちはない。この件に関して洸の考えははっきりしている。冬海が悪いのは確かだ。事情を知っている近所の人たちと当事者である相手が冬海を責めるのは当然だと思う。

だが、知りもしないでとやかく言ってくる人間がいるなら、洸は迷わず冬海を庇《かば》う。理由はひとつ。冬海を好きだからだ。

気まずい雰囲気が漂う。

「なにしてんの？」

タイミングよくボードを抱えた朋春がやってきた。自宅へ戻ろうとしたところに洸と金森

を見つけ、深刻な雰囲気を察して不審に思ったのだろう。歩み寄ってくると、朋春は金森と洸を交互に見た。

「なんか、変な空気だな」

ことさら軽い声音で割り込んでくる。朋春自身はけんかっ早いものの、他人の揉《も》め事は放っておけない、案外心配性な性格だ。

「——なんでもない」

答えながら、朋春の顔を見たことで気が緩む。金森に対する反感も薄れていった。反して、今し方受けたショックは根深く残っている。

冬海が女性客から誘われ、受け入れた。それが本当なら、これ以上打ちのめされる事実はない。

「朋春は……これから出かけるのか？」

わざとらしいのを承知で話題を変える。

朋春が思案したのは、ほんの二、三秒だった。

「ああ。急がなきゃまずい。洸は？」

今回は洸の意向を優先してくれるらしい。普段の朋春なら、なにがあったと洸に詰め寄るはずだ。

「俺は帰って昼寝でもする。昨夜、ろくに眠ってないから」

現実は、とても眠れそうになかった。うちに戻ってひとりになれば、悶々《もんもん》とするのは目に見えている。

他人は洸を落ち着いていると言うが、自分ではちがうと知っていた。感情を内にためる性分のせいか、発散するのが下手で鬱々として引きずるのだ。

「あー、そっか。夜にはうちに来るんだろ？」

これには、曖昧な笑みを返す。朋春は、来いよとでも言うかのように洸を指差すと、足早に去っていった。

金森とふたり残されると、ふたたび気まずさを味わう。冬海に嫌われているかもしれないと金森は危惧《きぐ》しているが、洸自身は、間違いなく苦手なタイプだった。

押しが強いからではない。押しの強さなら朋春のほうがよほどだ。それなら朋春とのちがいはなにか——。

朋春は昔から察するのがうまい。その場の空気を感じ取り、押すか引くかを判断する。が、それも幼馴染みだからわかっていることで、もしかしたら金森も長くつき合えばそういうタイプなのかもしれない、とは思うものの、そもそも長くつき合いたいという気持ちが湧《わ》かなかった。

それは、多分に冬海を悪く言われたせいだろう。

「それじゃあ」

一言で洸はその場を離れる。

金森も、呼び止めてこなかった。

ほっとする一方で、頭を占めるのはついさっき金森から聞かされた話だ。玄関で靴を脱ぎ、そのまま二階に上がった洸は自室に入るなり、ベッドにどさりと身を横たえた。

――じつは、二、三回お客さんと親しく話しているのを見たことがあるんだけど、あまりいい噂聞かないし。まあ、格好いいっていうのは認めるけど、誰とでもっていうのはちょっと。

――でも、やっぱり普通じゃないよ。誘っている人間の中には、真剣ってひともいるだろうに。そういうひとの気持ちを、結果的に弄んでるってことになるんじゃない？

金森の放った言葉は耳にこびりついて、一言一句洩らさず脳裏に刻まれていた。反論の余地のない事実だし、現にこれまでも同じ言葉で冬海を中傷する者はいた。

洸自身、冬海のそういう部分がどうしても信じられなかったし、嫌悪感すら抱いていた。いま、他人から聞かされた話に動揺するのは、過去の冬海を知っているからだ。洸には、冬海が見知らぬ女性と抱き合っている姿が容易に想像できてしまう。

被害妄想じみていると思う反面、疑念は膨らむ一方だ。

「…………」

そこまで考えて、ふと、気づいた。

信じるとか信じないとか悩んでいるのは洸の事情だ。果たして冬海自身に、誘いを断る理由があるのだろうか。

確かに約束をしてくれたとはいえ、洸をまだ好きになっていないというなら誰となにをしようと冬海の自由だ。洸にそれを止める権利はない。

どうすれば冬海は好きになってくれるのだろう。好きだと言ってくれるのだろうか。

これまで幾度となく考えてきたことを、無駄と知りつつまた考える。

冬海を誘う相手に嫉妬《しっと》を覚えるが、その権利がいまの自分にはないというのも洸はわかっていた。

一方で、冬海を信じたいと思う気持ちも本当だ。それは、たとえ誰に非難されようとも冬海が好きだと思うのと同じ感情だった。

3

外の空気が吸いたくなり、洸はウインドーを下げた。涼やかな秋風が頬に心地いい。快晴の空は青く、まるで絵筆で描いたようなうろこ雲がくっきりと浮かんでいる。平らな波面に浮かぶ白いヨットの帆は陽光を反射し、きらきらと輝き目に眩《まぶ》しい。

海岸沿いを走る車の助手席で、洸は運転席に座る冬海の横顔を窺った。

明日行こうと誘われたときは、半信半疑だった。期待しつつも、その場の方便かもしれないという思いは残っていて、改めて冬海から連絡があったときには少なからず驚いたのだ。現金なもので、金森の言葉が気がかりだったというのに、いざ冬海と海に行けるとなるとそんなことは瞬時に脇《わき》に追いやられた。

「出かけるには申し分のない天気だけど——どうかな」

冬海が、運転席から前方の空を仰いで言う。どうかなと案じているのは、サーフィンに関してだ。

海は凪《な》いでいる。波が来なければサーフィンはできない。

「今日は難しいかも」

そう答えながら、洸は自分があまり残念がっていないことに気づいていた。冬海にまた海に戻ってほしいという気持ちは本心からだが、冬海が約束を守ってくれたという事実が十分嬉《うれ》しかった。しかも海だ。

冬海から海に行こうかと誘ってくるなんて、ついこの前までなら考えられなかった。うちの前じゃ代わり映えしないから。そう提案したのも冬海だ。もちろん洸は二つ返事で承諾した。

たまには知り合いのいない海もいい。うちの前ではみなが話しかけてくるだろうから、落ち着く暇もない。というのがその理由だが、洸にしてみれば「海」が重要なのであって実際のところ場所はそう問題ではなかった。

「どうする？　べつの場所に行く？　それともやっぱり海に？」

この質問には、迷わず「海」と答える。

青空を映した波間を眺めながら、まるで夢みたいだと、がらにもなく感傷に浸る。同時に、自分が浮ついているとも感じていた。

が、それも当然と言えば当然だ。いまの状況はまさに夢物語に等しい。

しばらく車は海岸沿いを走る。その間、洸はいろいろなことを考えていた。

子どもの頃のこと。冬海と兄は暇さえあれば海に出ていて、その背中を必死で追いかけた。ちょろちょろするなよ、と兄には追い払われていたが、冬海はよく笑いかけてくれた。

——洸。サーフィン好き？

——うん。大好き。俺ね、冬兄みたいにすごいサーファーになるんだ。

——冬海二世？


「洸」

運転席から名前を呼ばれて、昔の思い出に浸っていた洸は我に返り、冬海へ視線を戻した。

冬海と同じ車にいて、なお昔の冬海まで思い出してしまうなんて——照れくささに睫毛を瞬《しばたた》かせる。

「もう着くよ」

「あ、うん」

冬海がウインカーを出し、まもなく車は目的地に到着する。

タイヤが砂地を掻いて進み、駐車スペースで停《と》まった。

「サーフィンのことを考えてたの？」

エンジンを切り、冬海がくすりと笑う。

「洸はサーフィンのことを考えていたり話したりするとき、愉しそうだからすぐにわかる。

本当に、サーフィンが好きなんだね」

――洸、サーフィンが好き？


子どもの頃以来の問いかけだ。

「好き。冬兄みたいなサーファーになりたかった」

そう答えると、胸が熱くなる。

冬海のようになりたい。あの頃の洸にはそれがすべてだった。

冬海が双眸を細くする。

「失望した？」

けれど、その後の一言は予想だにしないものだった。なぜ洸が冬海に失望しなければならないのか、意味がわからない。

「どうして？」

洸の質問に、冬海から返ったのは苦笑だけだった。重ねて問おうとしても、冬海が先に車を降りてしまったため、結局うやむやになる。はぐらかされたような気がするのは勘違いだろうか。

他のサーファー同様その場でウエットスーツに着替え、ルーフに積んできたボードを抱えて砂を踏み、海辺を目指した。

波待ちの先客が穏やかな海にぷかぷかと浮いている。砂浜で談笑したり、昼寝をしたりして波を待っている者もいる。

「洸の言うとおり、今日は望み薄かな」

冬海と洸は波打ち際まで行くと、そのまま海に入った。

パドリングで進み、足首にリューシュコードをつけてボードに跨る。冬海と並んでゆらゆらと揺れながら、空を仰いだ。いい波は望めなくとも、海に浮かんでいるだけでも心地よかった。

冬海が両手で海面を軽く弾《はじ》く。水飛沫が上がるその様を見て、洸も真似をした。舞い上がり、飛び散る白い飛沫に思わずほほ笑む。きらきらとした水の結晶はまるで天気雨みたいに顔に降りかかってくる。

「わ……」

首を左右に振った洸に、冬海はいたずらっぽい笑みを浮かべた。

「洸は、サーフィンのどこが好き？」

濡《ぬ》れた手で前髪を掻き上げながら、冬海が聞いてくる。

思案の必要はなかった。

「飛ぶ感覚と沈む感覚を同時に味わえるところ。初めて父親にサーフィンを習った日は、昂奮して眠れなかった」

好きな理由は他にいくつもある。

もともと海が好きだった。海で遊ぶ皆が生き生きとして見えた。サーフィンというスポーツは海を自由に駆け回る最良の手段に思えた。

でも、これほど深くはまったのは、冬海を見た瞬間からだ。

波に舞う冬海は綺麗で、一瞬にして洸の目と心を奪ったのだ。

「そう。洸らしい素直な答えだね」

「冬兄は？」

どんな波でも冬海は自在に乗りこなした。誰より高く飛び、舞った。スピードに乗った速いカットバックからのフローター、そしてエアー。空中でボードを回転させて着水するとき、洸は幾度となく感嘆の吐息をこぼした。冬海以上に綺麗なライディングするサーファーをいまだ見たことがない。

「冬兄はどこが好き？」

あえて過去形にはせずに問う。

冬海は、肩をすくめた。

「夢中だった頃もあったはずなのに、もう思い出せない。何年もやっていないから忘れてしまったのか、もともとそこまで好きじゃなかったのか」

「…………」

洸は、波を掻いて自分のボードを冬海のそれに近づけた。そして、ボードの上にある冬海の手を握った。

「……洸」

「冬兄は好きだったよ。海に愛されてるんだって皆が言ってた。冬兄は、好きな波を呼べたんだから」

冬海の中から兄の事故が消え去るときは来ないのだろう。海を怖がっていた冬海がまたボードに乗れるようになっただけでも大きな進歩だ。

「輝もそんなことを言っていたな」

兄の名前を口にした冬海に、洸は唇を引き結ぶ。

輝の名前はすでに禁忌ではない。何度かふたりで話をしたし、冬海は洸の外見を輝と比べたときもあった。

が、いまは海の上だ。

「僕には、輝のほうがよほど好きな波を呼んでいると思っていたな。輝は常に勝負しているみたいだった。波が荒ければ荒いほど、愉しそうだったよ」

冬海の顔は穏やかだ。消えることはなくとも、乗り越えることはできるのだと冬海を前にして思う。

「洸」

冬海が、洸の手を握り返してきた。その力強さに洸は安堵《あんど》する。

「こんな話は厭だった？」

厭なわけがない。洸は、冬海からサーフィンを取り上げないでくれと何度も輝に祈ったほどだ。

「ただ、あの頃を思い出すと、俺は子どもだったなって思う」

誰しも子どものままでいられるわけではない。過去の記憶がどれほど綺麗で居心地がよくても、その瞬間に戻れるわけではないのだ。だからこそ綺麗な記憶にすがりたくなる。冬海と兄と、自分がいたあの頃に。

「一日じゅう海にいられたからね」

洸がなにを思い出しているか察したのか、冬海も同意した。

冬海の言うとおりだ。昔は、一日じゅうなにも考えずに海にいられた。いまは無理だ。それが大人になるということなのかもしれない。

冬海が、優しい顔で息をつく。

その横顔を見つめながら、風がないのもたまにはいいものだと思う。ボードを並べて、冬海と手を繋いでぷかぷか浮いて、のんびりする。

昔を懐かしみ、こんな状態でなければできない話をして、洸の心も凪ぐ。

「いくら待っても波が来そうにないけど、ポイント変える？」

そう聞かれ、かぶりを振った。

海で冬海とふたり話をするのは、サーフィンをする以上に洸にとって大事な時間だ。

「なら、このままここにいて、お腹《なか》がすいて我慢できなくなったら帰ろうか」

魅力的な提案に逆らう理由はない。

「そうする」

海の上で冬海の手のぬくもりを感じながら、洸は、冬海がサーフィンを再開するかどうかにこだわっていた自分が馬鹿みたいに思えてきた。

サーフィンを再開するとき、イコール、過去を乗り越えるとき——そんなふうに思い込んでいたような気がする。

どこにいてもなにをしようとも冬海は冬海だ。サーフィンに夢中だった昔の冬海も、大人になったいまの冬海も、洸にとって一番大切なひとにはちがいない。

「気持ちいいな」

冬海の一言に、洸は心中で同意した。

冬海と海にいると、悩んでいたことがどうでもよくなってくる。悶々としていたはずなのに、それすら定かではなくなる。

青い空。ゆっくり流れるうろこ雲。穏やかな海。ボードの上で揺れながら、時折、他愛のない話をして冬海と過ごす午後。

それがすべてだ。

己の現金さに呆れつつも、洸はこの状況を心から愉しんでいた。

やがて、西の空がうっすらと赤く染まり始める。青空に淡い朱色が入り混じり、やがて雲が溶け込んでいく。

しばらく暮雲《ぼうん》を眺めていたが、先に音を上げたのは洸だ。いや、正確には洸の腹の虫だった。

何度もぐうぐうと鳴って空腹を訴えてくるので、冬海は吹き出し、そろそろ食事に行こうという話になった。

海の家の傍にある水道で潮を流し、着替えをすませて車に乗り込む。

来る途中に見かけた道沿いのレストランには、数十分で到着した。その頃には空はすっかり赤く染まり、夕闇が迫っていた。

レストランの駐車場から眺めた風景は絵はがきさながらに美しく、車から降りた洸はその場で一度足を止めた。

「いま頃になってちょっと風が出てきたね」

冬海が、風に乱れた髪を手で押さえる。そんな些細な仕種に見惚れてしまう自分が照れくさくて、先にレストランのドアを開けた。

白い壁の海辺のレストランは、これまで何度か見かけてはいたものの実際に入るのは今日が初めてだった。

冬海はちがったようだ。誰と？　いつ？　なんて気にしてもしようがない。過去の冬海ではなく、現在の冬海を見るべきだと洸は、ついさっき冬海とふたりで海に浮かんでいるときに気づいたばかりだ。

海を避けていた冬海が、海にいる。それは冬海が変わったという、まぎれもない真実なのだから。

窓際のテーブルにつき、ふたりで暮れていく風景を眺める。

朱色の空は徐々に色濃くなり、やがて薄闇に溶け——深い闇に呑みこまれていく。いまになって風が出てきたというのは本当で、上空の雲は早いスピードで流れていた。

弦月は遠い。

「洸は昔から言葉数が少なかったけど」

唐突な冬海の言葉に、窓の外から冬海へと目を移す。

冬海は、頬杖《ほおづえ》をついて夜の景色を眺めていた。

「朋春と比べるからよけいにそう思うのかな」

綺麗なラインを描く横顔に見惚れる。どれだけ冬海の横顔を見つめてきたかわからないが、いまだ綺麗だなと昔と変わらず釘付けになる。

「朋は正直だから。自分にも他人にも」

「うん、そうだね」

冬海は顎を引き、目を細めた。

「うちは愁兄もそう。ふたりとも直球でうらやましいと思う反面、たまにうっとうしく感じるときもある」

そう言ったあとで、冬海の視線が洸へと向いた。片目を瞑《つぶ》ると、人差し指を唇の前に持っていく。

「いまのは内緒」

洸は頷きつつ、冬海らしいと思った。

両親が早くに他界して兄弟三人で生きていたからこそ、三人の結束は固い。冬海の情は、愁時と朋春より複雑で深いものだというのは理解できる。

愁時には父親代わりという明確な役目があった。朋春は、兄ふたりに甘えていればよかった。一方で冬海は、愁時と二歳しか年が変わらないというのに、次兄以上の役割がなかった。家業を継ぎながら、ある意味傍観する立場だったのだろう。

その点では洸も同じだ。

兄の死はショックだった。一時期サーフィンをやめるほどつらくもあった。が、なによりつらかったのは、黙って苦しむ冬海を見ていることだったのだ。

「洸をずっと避けていたのは、輝の弟ってだけじゃなくてそういうのもあったんだろうな」

ふたたび窓の外へ顔を向け、冬海がぽつりとこぼす。

「口数が少ない洸の言葉は、胸を抉《えぐ》る。聞きたくなかった」

「…………」

返答するつもりで口を開いたが、結局、ウエートレスが料理を運んできたためなにも言わないまま閉じる。

洸の前には魚介パスタとドリアのセットが、冬海の前にはチキンカレーとサラダが並べられた。

ごゆっくりと告げ去っていくウエートレスを見送ったあと、いったん打ち切られた話を蒸し返すのは躊躇われ、そのままフォークを手にした。

食事中、会話はまばらだったが、以前のような気まずさは洸の中にはもうなかった。

「愉しかった」

ようするに、それがすべてだ。

冬海とふたりで出かけて、サーフィンはできなかったものの一日じゅう一緒にいられて愉しかった。洸にはそれで十分だ。

「本当に？　よかった」

冬海がほほ笑む。

その笑顔を前にして、自分はずっとこれが見たかったのだろうと素直に思えた。

レストランを出て、車に戻る。

「ありがとう。ごちそうさまでした」

シートベルトをしながら奢《おご》ってもらった礼を言うと、どういたしましてと冬海から返ってくる。

走り出した車の中で、洸は半ば無意識のうちに時計を確認していた。

うちまではおよそ三十分だ。あと三十分で、冬海と別れなければならない。そして、明日は大学に戻るのだ。

実感すれば惜しくなった。まだ一緒にいたい。愉しかった今日をもっと引き伸ばしたい。

そう願うのは、洸にしてみれば自然な感情だったが、冬海の気持ちはわからない。もし洸がもっと一緒にいたいと言ったなら、冬海はなんと答えるだろうか。

いつしか頭はそれでいっぱいになる。しんと静まった車中で、どう伝えればいいかとそのことばかりを考えていた。

「あと十分ほどで着いちゃうね」

冬海の、この一言が駄目押しになった。唇に歯を立てた洸は、窓の外へ向けていた視線を——景色なんて見ていたわけではないが——運転席へと向けた。

「まだ、一緒にいたい」

明日の夕方家を出たら、今度帰省できるのはいつになるか……洸の中にはそういう意味での焦りもあった。

「なら、ホテルに行こうか」

「…………」

だが、冬海の答えは洸を戸惑わせる。

「洸が帰ってきてるっていうのに、僕はまだ洸の中に挿《はい》ってない」

「…………」

冬海の言うとおり、冬海の部屋では挿入行為はしなかった。冬海が洸に触って、自分にも触るように言って、互いの手の中で果てて終わった。

そのときの行為を思い出しながら、洸はぶるりと震える。

意外な誘いだった——というのが嘘だと気づいた。もっと一緒にいたい。そう望んだ時点で洸はこういう展開になるだろうと予測していた。冬海と抱き合いたいと洸自身が強く望んだのだ。

「——行く」

答えてから、冬海の反応を窺った。微かにほほ笑んだその横顔に安堵する一方で、緊張が高まっていった。抱き合う際にいつも湧き上がる不安に、今回も駆られる。

冬海は経験豊富だ。洸の想像が追いつかないほど数々の経験をしてきた。反して自分は——。

そう考えるともどかしくなる。冬海は、他に気がいかないようにしてくれたら洸を好きになるかも、と言ったが、どうしたら冬海をずっと振り向かせ続けられるのか、洸にはいまだわからない。わからないからそればかりを気にしてしまう。

車は、進行方向を変えて走る。海岸沿いの本道から横道に入ると、ホテルが点在している周辺がある。洸がその場所を初めて利用したのは冬海とだったし、その後も冬海とのみだ。

ウインカーの音が車内に響く。非現実的なほど華美な建物の門扉をくぐると、そのまま地下駐車場へと滑り込んだ。

いくつか停まっている車を尻目に、冬海は入り口からほど近いスペースで停車した。その間洸は、自分の鼓動の速さを意識しつつ震え始めた指先を握りしめていた。

冬海が先に車を降り、洸もあとに続く。ホテルの中へ入り、フロントでキーを受け取り、エレベーターで部屋を目指した。

何階の何号室かなど確かめる余裕はない。終始俯《うつむ》き、冬海の開けたドアから室内に足を踏み入れる。心臓が口から飛び出しそうなほど緊張しているし、足取りさえおぼつかない状態になっていた。

ルームコロンだろう、やけに甘ったるい匂いがする。

そっと顔を上げると、真っ先に中央の大きなベッドが目に入った。シーツの柄を見て、ルームコロンがバラの香りだということに思い当たった。

意外に室内は広い。右側にはソファとテーブルがあり、30型のテレビがあり、こんなところでカラオケをするひともいるのかマイクまで用意されている。

左側にはドレッサー、その奥に広いバスルームがある。

「なにか飲む？」

冬海が冷蔵庫を開ける。

洸は無言でかぶりを振った。口の中はからからだが、なにも喉《のど》を通りそうになかった。

冷蔵庫を閉めた冬海は振り返ると、洸を見てため息をこぼした。

「無理強《じ》いしたいわけじゃない。厭なら、いまからでも帰ろうか」

「…………」

思いも寄らぬ言葉に、洸は慌てる。いや、実際、そう勘違いされたとしても当然だ。いいかげんに慣れなければと自分で呆れるくらいなので、冬海にうんざりされてもしようがない。

「……厭、なんて」

洸は足を踏み出し、自分から冬海に近づいた。

十センチ近い身長差を踵《かかと》を上げて埋め、冬海に口づける。冬海は動かない。気が遠くなるほど長い間——実際は十秒程度かもしれないが——洸が心配になった頃、ようやく冬海の両腕が洸の背に回った。

「いいの？」

いいに決まっている。冬海をずっと好きだった洸にしてみれば、抱き合っているというだけで天にも昇る心地だ。

「なら、このまま抱くよ？」

冬海はそう言うが早いか、口づけを深くする。懸命に正気を保とうと努力するが、口中を舐められ、舌を搦《から》められて、頭の中はミルクでもぶちまけられたかのように白く、曖昧になっていく。

濡れた音が妙に生々しく、うなじに汗が一気に滲む。

「ふ……」

身体に力が入らなくなった洸に冬海が体重をかけてくる。支えきれずにそのまま背中から倒れると、そこにはちゃんとベッドがあった。

「……冬兄」

目の前にいるというのに、薄膜一枚向こうにいるように感じられる冬海を見つめる。どんなときでも冬海は綺麗だ。

「駄目だろ？」

冬海が、洸の前髪を掻き上げながら囁《ささや》いた。

「冬兄じゃなくて？」

「……じゃなくて」

ああ、そうだった。ふたりのときは冬兄ではない。

「冬海さん」

「そう。よくできました」

いつの間に釦《ボタン》を外されたのか、シャツの前は開かれている。顎に軽くキスしてきた冬海の顔が、ふいに見えなくなった。

「あ……」

胸にキスされて、腰が跳ねる。口に含まれ、舌先で転がされて、じっとなんてしていられない。ジッパーの音がやけに大きく聞こえる。

「や……うんっ」

甘い痺れは背筋を這《は》い上がり、脳みそまで溶かしにかかる。知らず識《し》らず洸は冬海の肩を摑んでいた。

「大丈夫。力抜いて」

「ふ……ゆみさ……」

息苦しくて、胸を喘《あえ》がせる。冬海に触れられると思考がすべてストップしてしまう。

「冬海さ……冬海さん」

冬海の名前を何度も呼ぶ。自分にもなにかさせてと言いたかったが、胸への愛撫《あいぶ》を続けたまま冬海が人差し指で洸の唇を塞《ふさ》いだ。

「黙って。そのまま感じてて」

命じられるまでもなかった。下着の上から撫《な》でられて洸は喉を鳴らした。

冬海の唇が胸から離れる。ほっとしたのも束《つか》の間《ま》、ゆっくりと滑っていき——一度、臍《へそ》のあたりで止まった。

期待のために震える。これからされるであろう行為を思えば、他のことは吹き飛ぶ。

「あ……」

手ではなく、冬海の舌で触れられた。下着の上から舌を這わされ、唇で食《は》まれ、快感が身体じゅうを駆け抜ける。

「ふ……ぅ、んっ……あ」

それと同時に、下着一枚が邪魔でたまらなくなった。直接触れてほしい。もっとちゃんと刺激されたい。羞恥心はあるが、欲望がそれを上回る。

「気持ちいいの？」

冬海の問いかけに、頷いた。

「もっと？」

ぼんやりする頭でこれにも頷くと、すぐに望みは叶えられた。

「あうぅ」

直接、冬海の唇が触れる。舌先で舐め上げられ、淫《みだ》らな声が出る。口中に含まれたときには、その刺激のため洸は呼吸すらままならなくなっていた。

「あ、あ……い……やだ」

冬海の頭を押し返した。が、冬海は離してくれるどころか、根元まで深く銜《くわ》えて激しく舌を使い始める。

「冬……ぅんっ」

ああ、と大きな声がこぼれ出た。同時に洸は、冬海の口中を汚してしまっていた。

これで終わりではない。冬海は洸の足からジーンズと下着を手際よく抜くと、脚を大きく割り開いてきた。

「う……そっ」

そこに冬海が頭を沈める。信じられないところを舌ですくわれ、羞恥と狼狽《ろうばい》で洸は手足をばたつかせて抵抗した。

だが、冬海は強引に洸を押さえつけると行為を続ける。洸にあられもない格好を強い、入り口を唾液《だえき》で直接濡らし、緩ませ、舌先をもぐり込ませてくる。

「あ、あ……冬……っ」

厭だと思う気持ちは本当なのに、身体が蕩ける。自分ではどうにもならない。気持ちを裏切る身体の快感に、涙があふれ出た。

「あぅ、んっ……」

浅い場所を辿《たど》られて、欠片《かけら》ほど残っていた理性が砕け散った。内壁を濡らされ、擦《こす》られてじれったくなり、我慢できずに自身を握った。

冬海がそれを咎《とが》めてくる。

「自分でしちゃ駄目だよ」

「や……でも……」

口では異論を唱えたものの、冬海に禁じられれば洸に逆らうすべはない。シーツを摑み、身をくねらせて堪えるのがせいぜいだった。

それも短い間だ。触られていないところまで疼きだし、どうにかしてほしくてたまらなくなる。

「奥に欲しいの？」

普段の自分なら恥ずかしくて答えられない問いかけであっても、正気などとうに捨てているので洸は素直に頷いた。

「たった数回しかしてないのに、洸はこれが好きになった？」

そこから顔を上げた冬海に、早くと視線でねだる。冬海はくすりと笑って、これみよがしに自身の中指と人差し指を舐めてみせた。

「洸が気持ちいいところだけ突いてあげる」

甘い声でそう言ったかと思うと、入り口を指で撫で、割り開いた。

半ば無意識のうちに息を吐いたそのタイミングで、冬海の指が挿ってきた。

「あ――」

緩まされたそこに痛みはほとんどない。ずるりと奥まで挿入され、洸が感じたのは少しの異物感と、それを押し流してしまうほどの愉悦だった。

「や……うぅ」

気持ちいいところだけと言ったその言葉のとおり、冬海が指を動かすたびにそこからえも言われぬ快感が湧き上がる。

後ろを弄《いじ》られると、触ってもいない前からひっきりなしに雫《しずく》があふれ出る。

「冬海さ……あ、や」

霞《かす》む視界の中で冬海を捜し、必死で手を伸ばす。冬海は屈み込んで、洸の耳許に唇を寄せた。

「いい？　洸」

「い……いい」

「もっと？」

これにも素直に、もっとと答えた。

洸の返答に満足したのか、洸に愛撫を続けながら、冬海は一方の手で器用に自身のシャツの釦を外すと、パンツの前もくつろげる。

下着の上からでも冬海の高ぶりがわかり、洸は冬海の背中に両手を回した。

「そんなに僕が欲しい？」

欲しいに決まっている。いつだって冬海に振り向いてほしかったし、自分だけを見てほしかった。

「僕のなにが、どこに欲しいの？」

意地の悪い質問だ。が、これ以上焦《じ》らされるのかと思うだけで気が遠くなりそうだったので、冬海の望む言葉を口にする。

冬海は唇の端を吊《つ》り上げると、いつもの冬海からは考えられないほど欲望に満ちたまなざしで洸を射貫いてきた。

「いやらしくて、可愛いね」

そう言って、洸の脚を抱え上げる。熱い自身を押し当てると、そのまま正常位で冬海は挿ってきた。

「あ――あ、あぅ」

その熱に、洸は喉を引き攣《つ》らせる。痛みよりも圧迫感から自然に涙がこぼれ落ちた。

冬海は時間をかけて奥までゆっくり進み、最後は強引に洸の脚を自身へと引き寄せた。

「洸――」

そのまま、内部が馴染むのを待たずに揺さぶられる。同じ場所を執拗に擦り立てられ、その衝撃にいくらももたずに最初のクライマックスを迎えていた。

冬海は腹の上に飛び散らせた洸の精液を指ですくうと、それを舐めた。

「出ちゃったの？」

恥ずかしさに身体の芯《しん》まで熱くなる。思考や理性は消え失《う》せても、羞恥心のみは残るらしい。

「……うぅ」

「そんな泣きそうな顔しないで。もっと苛《いじ》めたくなるだろう？」

そう耳語しながらも冬海は洸を揺さぶる。じわりと退いて、力強く押し入って——くり返されるうち、そこから別の感覚が芽生え、広がっていった。

自分でも追いかけて身をくねらせると、明確な快感となった。

「冬海さ……あ、冬……」

冬海に抱きつき、頂点を目指す。乱れた呼吸を奪い取るかのように激しくキスしてきた冬海は、徐々に動きを速くしていった。

奥を突かれ、内壁を擦られ、気持ちいいとしか感じなくなる。冬海の腹で刺激される性器からは、止め処《ど》なく快感の証《あかし》がこぼれる。

「ああ、洸——すごい。前も後ろも、ぐちゃぐちゃだ」

「……う、ぁ」

洸から搦めていった舌に歯を立てられた瞬間、洸は二度目の絶頂に仰《の》け反《ぞ》り、震えた。無意識のうちに締めつけると、冬海はこれまで以上に深い場所を突き上げてきて、小さく呻《うめ》くとそこで達した。

冬海の最後を受け止め、新たな涙がこめかみを伝わる。心から好きだという気持ちが身体じゅうに満ちていく。

「洸」

冬海が、洸のこめかみの涙を舌で拭った。そのまま頬や瞼にもキスしてきたかと思うと、洸の身体をベッドから抱え上げた。

「冬——」

自身の大腿《だいたい》を跨がせて、洸に脚を伸ばさせ密着すると、呼吸も整わないうちに行為を再開する。

「待っ……」

言葉は唇で塞がれた。

敏感になっているところをふたたび刺激され、過剰な快感に洸は翻弄される。

「一回じゃ終われない。洸……ごめんね」

「あ……ぅん」

謝る必要なんてないのに。冬海が求めてくれるなら何度でもしたい。そう言いたかったが、

冬海に言葉を封じられてしまっては難しかった。
冬海にしがみつき、与えられる愉悦を洸は必死で受け止めたのだ。

4

開いたドアから入ってきたのは、金森《かなもり》だった。

朋春《ともはる》は昨夜夜更かしをしたらしく、朝早くから学校に行かなければならないこともあって今日のレッスンは休みだ。金森はひとりでカウンター席に座ると、コーヒーとピラフを注文した。

「あ、そうだ。芦屋《あしや》さんにお願いしようかな」

唐突な申し出は、故意だろう。初めから金森は冬海《ふゆみ》に好戦的だ。洸《こう》との仲を疑い、挑発しているのは間違いない。洸に心酔していると朋春が言っていた。

「僕にお願い？　なんだろう？」

営業用の笑みで応じる。内心では不愉快に思っていても、一応客である金森に対してあからさまにするほど若くも激情家でもなかった。

「聞きそびれたので、友成《ともなり》くんの連絡先を教えてほしいんです。彼、今日大学に戻るんでしょう？」

「……洸の連絡先？」

冬海は、嫌いな人間や不愉快な相手には感情が冷めていくたちだ。しらける、という表現が近いかもしれない。

だが、金森の態度にはなぜか苛立《いらだ》ちが湧き上がる。腹立たしささえ感じて——もとより顔には出さないが——あえて金森の正面に立った。

「どうして洸の連絡先を？」

冬海の質問に、金森は肩をすくめる。

「連絡するからに決まってるじゃないですか。ケー番とメアドを交換する約束をしてて、うっかり忘れていたから。今日会えるかどうかわからないし」

当然だと言わんばかりの口調が気に入らない。洸と連絡を取り合って、どうしようというのか。

「地理的に離れてしまうのに？」

この問いには、意味深長な半眼が投げかけられた。

「離れてしまうからこそ、次に友成くんがいつ帰省するのか事前に聞きたいし、電車があるんで、お互い都合をつけて会うことだってできるでしょう。それとも、友成くんの連絡先を知るのに芦屋さんの許しがいるんですか？」

挑発というには、あまりに敵意に満ちている。

冬海は、口中で舌打ちをした。

なにが事前に聞きたい、だ。お互い都合をつけて会う？　冗談じゃない。洸には、金森に会う理由がまったくないし、こんな無遠慮な人間と洸がつき合うことを考えただけでぞっとする。

洸も洸だ。

なぜ金森と連絡先を交換する約束などしたのか。

「というか、芦屋さんになんの権利があって」

小声だったが、吐き捨てるように口にされた一言に、冬海はとうとう眉《まゆ》をひそめた。客相手に不快さを表したのは、これが初めてだ。

「もういいです。あとで家に行って自分で聞くので」

ぞんざいな口調でそう言ったかと思うと、金森はピラフとコーヒーを手に持ち、テーブル席へと移動する。洸でなくとも友人は他にいるようで、そこに座っていたふたりの若者と談笑し始めた。

だが、冬海の苛立ちはおさまらない。もやもやとした嫌悪感が胸にくすぶる。

間の悪いことに洸が店に入ってきた。

金森と約束でもしていたのか。いや、金森は会えないかもしれないと言っていたので、偶然だろう。

洸は、いつも同様遠慮がちに冬海を窺《うかが》う。冬海と目が合うと、口許《くちもと》を綻《ほころ》ばせた。

冬海は反射的に目をそらす。洸に向けるはずの笑みをカウンター席に座るふたり連れの女性客に変えると、一方の客が話しかけてきた。

「この近くにカラオケボックスってありますか?」

無視されたと思ったのか、洸は表情を硬くする。

「カラオケボックスなら、駅前にあるのが一番近いと思いますよ」

その様子を尻目《しりめ》に、客へはにこやかに応じる。

「そこ、二十四時間です? 今日はホテルをとってなくて、カラオケボックスで過ごそうってことに決めたんですけど」

金森が洸に気づいた。椅子から立ち上がり、洸を自分たちのテーブルへと招く。洸が迷ったのは一瞬で、金森のいるテーブルに歩み寄っていった。

「危ないですね。若い女性ふたりがカラオケボックスで一夜を明かすなんて」

いつものごとく上辺だけの愛想を振りまき、冬海はカラオケボックスの場所を説明していった。

「マスターが一緒に行ってくれたら心強いのに」

ふふと笑い、客が上目で誘ってくる。冗談半分、本気半分だろう。冬海には慣れた誘いだ。

「僕が一緒に行けば、もっと危ないと思いますよ?」

きゃあと女性客が声を上げる。

洸は、冬海が女性客と話し込んでいる姿を気にかけている様子だ。金森に相槌《あいづち》を打つ傍《かたわ》ら、意識はこちらに向けられている。

客の誘いをまた受けているのではないか。そう疑い、やきもきしているのかもしれない。

「マスターって危ないんですか？　見てみたいなあ。ねえ？」

ふたりの女性客が顔を見合わせる。その向こうで、洸が携帯電話を開いた。

「…………」

洸は、金森と連絡先を交換している。おさまりかけていた苛立ちが、さっきまでより明確にこみ上げてきた。裏切られたような気分にすらなった。

「でもマスター、決まったひとがいるんじゃないですか？　そのひと、たくさん泣かせてるんでしょう」

「…………」

金森が洸を外へと誘う。洸は思案のそぶりを見せつつも、ちらりと冬海に視線を投げかけてから金森とともにドアへと足を向けた。

代金を払い、店から出ていく。窓の外に、満面笑みの金森と洸の後ろ姿が見えている。まもなくふたりは海岸のほうへと去っていった。

洸が金森を拒否しないのは、厭だと思っていないからだろう。洸は、厭なら厭と言える性格だ。だからこそ冬海は、洸がどこまで冬海を受け入れるか試すような真似をしてしまう。

おとなげないと自分でも承知している。いまのように突き放してみせるのも、それによって洸がどんな反応をするのか見たいがゆえだった。

なぜそんな態度に出るのか、理由は明白だ。

洸の反応を見て、洸がどれほど自分を好きなのかを知るため。そして、それによって自身の中に芽生える情動がなんであるか、判断したいため。

「マスター？」

女性客の呼びかけに、冬海は窓の外から彼女たちへ視線を戻した。

「なんの話でしたっけ？」

「だから、マスターに決まったひとがいるんじゃないかって」

「ああ」

作り笑いを浮かべる。どんなときであろうと同じ笑顔を見せられるというのは便利だが、同時に、自分がひどく無機質なものになったような気分にさせられる。

「決まったひとがいればいいんですけどね」

冬海がそう答えると、女性客は頰《ほお》を染めてはしゃいだ。何度も目にしてきた姿だし、自分の外見がいいことは子どもの頃から周囲に言われて自覚しているので特に感慨もなく彼女たちを見る。

「好き」という言葉も数えられないほど告げられてきたが、最近まで冬海にとってその言葉は呪詛《じゅそ》にも等しかった。洸が、その言葉の持つあたたかな部分や優しい部分、明るい部分を示してくれた。

一方で、「好き」という言葉の重みがどれほどのものなのか冬海にはまだ理解できていない。

一夜を過ごしただけの相手と、洸の「好き」がちがうというのはわかる。けれど、果たして洸が自分をどれくらい好きでいてくれるのか、夏に告白してきたときといまではその意味合いが変わったのか変わらないのか、昨日と今日ではどうなのか——判然としない。目に見えない感情というのは思う以上に厄介だ。

「だったら、本当にご一緒しませんか？　カラオケ」

最初に話しかけてきた子のほうが積極的な性格らしい。改めて誘ってくる。期待に満ちた瞳を前にして、冬海は洸を思った。

洸は、気の強さに反して積極的な性格とは言い難《がた》い。

率先して皆を引っ張っていく姿は想像できないが、一度決めたことはけっして途中で投げ出さないし、最後までやり通す意志の強さを持っている。そんな性分だからこそ、サーフィンも見る間に上達していった。

「どうしましょう。困りましたね」

冬海は思案するふりをしながら、どうして洸はこんな男がいいのだろうかと、これまで何度か考えてきたことをまた考えていた。

もっと相応《ふさわ》しい相手がいるはずだ。

洸を理解し、心から愛《いと》おしんでくれる相手が。

洸が出ていったドアを、再度見る。金森に連絡先を教えたのだから、これから親しくつき合うつもりだろう。親しくつき合えば、今後金森を好きになる可能性もあるということだ。

金森のほうが洸に相応しいような気すらしてくる。

「…………」

己の思考に嫌気が差し、冬海は営業スマイルを引っ込めた。とても笑えるような気分ではなかった。


「さすがだな〜」

洸に並んだ金森が両手を広げる。なにに関しての感想なのか、改めて問う必要はなかった。

洸もいま自分の目で、冬海が客に誘われている場面を見たのだから。

今回に限ったことではない。何度も何度も、それこそきりがないほど見てきた。

だから慣れている。

「確かに格好いいもんな、あのひと。マスター目当ての客もたくさんいるんじゃないの？」

「…………」

冬海目当ての客がいるのは最早周知《もはや》の事実だ。いまさら金森に指摘されたからといって、反論する気にもならない。

が、平然としていられるかと言えば、それはまた別の話だ。

前の日は大丈夫だと思っても、次の日にはすぐに不安になる。いや、数時間ですら気持ちは揺らぐ。冬海はあまりに危うくて、誰かと洸の手の届かない場所に行ってしまいそうで、それが怖かった。

達観なんて永遠にできそうにない。

「まあ、俺としては苦手なタイプなんだけどね。節操のなさっていうか、軽さっていうか」

もっともな批判に、洸はため息を押し殺した。冬海を悪く言う人間はけっして少なくない。洸自身、じれったいと感じる部分だった。冬海を誘う客も、冬海も、なにをやっているのかと腹が立ってくる。

けれどそれは、洸の個人的な事情ゆえだった。

さっき店に行った際、冬海と目が合った。冬海も気づいたはずなのに、まるでそこに洸などいないかのように無表情で視線を外された。

それが、兄が亡くなってから最近までの八年間を如実に思い出させて、洸は——ショックを受けたのだ。

冬海は、あの女性客の誘いを受けたのだろうか。気になってたまらない。断る場面が想像できないというのも、自虐的だとわかっていながら洸を傷つける要因だった。

「ごめん。知り合いのことを悪く言われたら不快になるよね。俺、つい……」

金森の謝罪に、洸はかぶりを振る。金森の反応は当然だし、彼が悪いわけではない。

「今日、大学に戻るんだよね。何時に？」

そう問われ、気もそぞろで夕方の五時過ぎだと答える。頭の中は冬海でいっぱいだ。冬海が誘いを承知したのかしなかったのか、そればかりが気にかかる。

「なら、まだ時間あるね。一緒にボーリングか映画にでも行かない？」

とても遊びに行く気分ではなかった。金森とも他の人間とも一緒にいるのが苦痛で、早くひとりになりたかった。

金森自身に悪印象はない。金森が冬海を嫌うのは、金森のせいというより、むしろ冬海の責任だ。

「……ごめん。荷物とかまとめたいから」

悪いと思いつつ、前回に引き続き誘いを断る。

金森はあからさまに残念そうな顔をしたが、ふと、手に持っていたバッグの中から紙袋を取りだした。

「そうだ。これ」

手渡されて、中身を確認する。紙袋の中は写真集とＤＶＤだった。

「これって——」

「俺がリスペクトしてるサーファーなんだ。ちょっと、スタイルが似てるよね」

アメリカの著名なサーファーだ。洸も名前は知っていた。

「俺に？」

「そう。友成くんって彼を手本にしてるんじゃないかと思ったんだけど——ちがう？」

意識したことない、と答える。好きなプロサーファーはいるが彼ではないし、手本にしているというなら、それは冬海だ。洸のイメージトレーニングは、いまだ昔の冬海なのだから。

「じゃあ、見てみてよ。似てるっていうのがわかると思うから」

「でも、返す機会がないし」

「連絡先交換したじゃん。向こうに戻ってから、電話してくれたらいいからさ。急がないし」

それでも借りる理由はないので写真集とＤＶＤを紙袋に戻して返そうとしたが、金森はがんとして受け取らない。困惑する洸をその場に残し、じゃあと一言で踵《きびす》を返すと、走り去ってしまう。

「…………」

正月休みに帰省した際にでも連絡して返そうか。いや、あとで朋春に託したほうが手っ取り早い。そう決め、洸は自宅へと歩き出した。

玄関のドアを開けると、ばたばたと忙《せわ》しない足音が洸を迎えた。母親がリビングを出たり入ったりしていた。いったいなにがあったのかと怪訝《けげん》に思っていると、

「ちょうどよかったわ」

母に手招きされる。リビングに顔を覗《のぞ》かせた洸は、ダイニングテーブルの上に重ねられたアルバムに目を留めた。

「――なに、これ」

母は、アルバムよとあっけらかんとして言う。アルバムはわかっている。なぜ、いまこんなものを出してきたのか、洸が聞きたいのはその理由だった。

「おばあちゃんが送ってほしいんだって。洸、何年も顔を見せてないでしょ？　孫の顔忘れちゃう～って危機感抱いたんじゃない？」

「……にしても」

母の言うように、祖母のうちを最後に訪ねてからもう五、六年たつ。が、アルバムはもっと古い、生まれた頃からのものが含まれていた。

「こんなに送らなくたって」

当然、兄の写真も数多くある。八年たっているとはいえ、祖母が見たらふたたび悲しい思いをするのではないか。そういう意味での言葉だった。

母親は、歯牙《しが》にもかけない。

「いいじゃない。せっかくだから、成長する過程がわかったほうが愉《たの》しいでしょ?」

母にそう言われれば、反論するのは難しい。兄が亡くなったとき、誰より悲しみ、傷ついたのは母だと知っているだけにむげにするのは躊躇《ためら》われた。

「洸、段ボール箱に入れて送れるように準備しておいてくれない? これから夕飯の買い物に行ってくるから」

「え、俺が?」

なんで俺が、と言外に問えば、

「そう。俺が」

いとも容易《たやす》く返され、洸は渋々承知した。

母親がリビングを出ていく。玄関のドアの音を聞いてから、階段下の物置から段ボール箱を取り出し、組み立てるとそれをリビングまで運んだ。

底をガムテープで補強してから、ダイニングテーブルの上のアルバムを入れる。全部で六冊分綺麗《きれい》におさめた洸は、一瞬迷った末、一番上の一冊を手に取った。

椅子に腰かけ、アルバムを開く。

一ページ目は、洸の高校の入学式のときのものだ。クラス全体写真と、なぜか着物姿の母親がひとりでおさまった写真がある。あとは体育祭と文化祭の写真。そして、卒業式。

色の抜けた髪と真っ黒に日焼けした顔は、いまと同じだ。写真が苦手なせいで、どれも不機嫌そうな顔に見える。

「……こんなものまで取ってんなよ」

洸が、サーフィンのアマチュア大会に出場したときの地方新聞の切り抜きまであった。あのときは練習不足で五位に終わって悔しい思いをした。

翌年は優勝したが、前年度の優勝者と準優勝者が揃《そろ》って出場しなかったので、手放しで喜べなかった記憶がある。

大学の入学式のときのスーツ姿。

改めて目にすると、その時々の出来事を思い出して、気恥ずかしさとばつの悪さを同時に味わうはめになった。

二冊目。

これは中学生の頃だ。

「は……なんだ、これ」

思わず吹き出す。

こちらもほぼ学校行事の際の写真だが、一枚だけ異質なものが混じっている。

家の玄関の前で、洸の隣で傷だらけの顔をしてふてくされているのは、朋春だ。どうしてこんな状況になっているのか思い出せないが、初々《ういうい》しい学生服姿から察するに、おそらく朋春の中学入学式の日だろう。

大方、誰かと喧嘩《けんか》でもして愁時《しゅうじ》にこっぴどく叱られたのだ。

小さな頃から曲がったことが嫌いだった朋春は、相手の理不尽な言動を許せず幾度となく突っかかっていった。たとえ年上だろうと容赦なかったというので、愁時がたまに雷を落とすのだと、近所では有名な話だった。

あの頃の洸は、すでに芦屋家と疎遠になっていたので、こんな写真があったという事実そのものに驚く。おそらくたまたま通りかかった朋春を、母が呼び止めでもしたにちがいない。兄が亡くなってからの数年、洸がサーフィンから離れていた期間、洸はエスターテからも芦屋家からも遠ざかった。

理由は特になかった。ただ、そうしなければならない気がしていた。

その反動で、サーフィンを再開してからは、たとえ冬海に無視され続けようと意地になってエスターテに通っていたが。

三冊目。

表紙を開いた直後、息を呑《の》む。

冬海だ。

冬海の横には、兄の輝《てる》がいる。

いつも一緒にいたふたりは、ともにいるのが当然で、自然だった。どちらかひとりだと、

「今日はどうしたの？」とひとに聞かれるほどだった。

洸はそんなふたりを見て羨《うらや》ましく思い、なにかと後ろを追いかけていた。兄にうっとうしがられても、冬海がほほ笑んでくれるのが嬉《うれ》しかった。

冬海みたいになりたい。

まだ、純粋にそう願っていた頃だ。

「……子どもだったな」

冬海に対して、いつから憧れ以上の気持ちを抱くようになったのか、じつは自分でも明確にわかっていない。

兄が亡くなったあと、冬海とは離れていた時期だった。

アルバムには冬海と輝の写真がいくつも並んでいる。そのほとんどがボードを手にしたもので、ふたりとも愉しそうに笑っている。

冬海と洸のツーショットもあった。

冬海に肩を組まれた洸は少し緊張しているように見える。ラッシュガードを身につけている冬海は、あの頃、誰より格好よかった。いま改めて目にしても、やはり冬海以上に格好いいサーファーはそうそういないと思う。

指先で写真の中の冬海に触れ、そのページをめくった。

洸と――兄だ。

こんな写真を撮っただろうか。記憶にないが、ふたりの写真が三枚ほど並んでいた。同じ日に撮ったものらしいが、三枚、まるで焼き増ししたようにポーズも表情も同じだ。

兄にネックロックをかけられた洸は、照れくさそうに唇を尖《とが》らせている。

おそらく兄が亡くなる、数ヶ月前だろう。

口を開けていたずらっぽい顔をした兄を見ると、胸の奥が痛くなる。ある日突然兄がいなくなったという事実をしばらく受け入れられなくて——それは、輝の遺体が見つからなかったせいもあるだろう、実感したのはしばらくたってからだった。

当時のことを考えると、夢なのか現実なのかあやふやになるのはそのせいかもしれない。

兄は、すでに自分よりも年下になってしまった。

「あら、まだ詰めてないの」

母親が戻ってきた。

洸はアルバムを閉じ、感傷を追い払った。

「懐かしくてつい見てた」

買ってきたものを冷蔵庫にしまいながら、母親が笑った。

「でしょ？　私も見ちゃった。可愛い頃もあったなあって」

母の声は普通だ。普通に話せるようになるまでどれほどの月日と努力が必要だったか、想像するのは容易い。

「息子ふたりとも暇さえあればサーフィンサーフィンで、ほんと、つまんなかったわ。娘がいたらよかったのにって、お隣の由香《ゆか》ちゃんの話を聞くたびに羨ましくて」

洸は、母の背中から視線を外し、段ボール箱にアルバムをおさめていった。

「――反対しなかったのは、どうして？」

「反対？」

母が、手を止めて肩越しに振り返る。

「サーフィン」

洸がそう言うと、納得顔で冷蔵庫の扉を閉めた。

「反対したって、どうせ言うこと聞かなかったでしょ」

洸がサーフィンを再開したとき、母は特になにも言わなかった。やめてくれとも、気をつけろとも。

「本音はもちろんやめてほしかったけど、強制してどうなるの？　息子は遅かれ早かれ離れていくものだし、そうじゃなきゃ困るもの。それに――」

母はいったん言葉を切ると、目を伏せた。

「それに、冬海くんがやめたから。冬海くんに、気に病まないで続けてって言えなかった。冬海くんのせいじゃないってわかってたけど、見て見ぬふりをしてしまったの」

「…………」

自分で質問しておきながら、母の言葉が重苦しくて相槌ひとつ返せず口を噤《つぐ》む。

誰も母を責められない。それに、もし母が続けてほしいと伝えたとしても冬海はけっしてボードには触れなかっただろう。

洸は無言で段ボール箱を閉じ、ガムテープを貼《は》った。

「玄関まで運んでおくから」

段ボール箱を抱え、リビングを出る。玄関に置くと、そのまま靴を履いた。

エスターテに行くためだ。

冬海を想い、ひとり疑心暗鬼になるのは間違っている。洸が問えばきっと答えてくれるはずだから、冬海自身に確かめるべきだ。

たとえそれがどんな返答であろうと、勝手に悶々《もんもん》とするよりはずっといい。

意気込み、エスターテのドアを開ける。常にそうであるように、真っ先に冬海の姿を確認する。

冬海はカウンター席の客と談笑しながら、コーヒーを淹《い》れていた。

「いらっしゃいませ」

アルバイトの青年が、親しみを込めて洸に片手を上げて応じる。彼もサーファーで、地元の人間ではなかったものの大学卒業後に移り住んできたので、洸とは店と海で何度も顔を合わせている。

洸も手を上げ、窓際のテーブル席についた。

「いつものヤツでいいっすか？」

親しみの込められた言葉に、冬海を気にかけつつ頷《うなず》く。

冬海は洸が入ってきたことに気づいたはずだ。仕事中とはいえ、時間的に店内はまだそれほど混《こ》み合っていないというのに、近づいてくるどころかこちらを見ようともしない。

まるで以前の冬海だ。

いったん抑え込んだ不安が、また徐々にふくらむ。それを懸命に脇へと押しやり、洸はアルバイトの運んできたブレンドを時間をかけて飲んだ。

冬海が客との話をやめたタイミングを見計らって、椅子から腰を上げる。まっすぐカウンター席に向かった。

一度深呼吸をしてから、

「冬兄《にい》」

冬海の背中に声をかけた。

「ごめん。お昼の休憩のとき、時間ある？」

いいよと、どうか言ってほしい。

――なに？　深刻な顔して。

――気になることがあるなら、なんでも聞いていいから。

やわらかな笑みを想像しながら、返答を待つ。

冬海は、小首を傾《かし》げた。

「どうかな」

洸の願いに反して、その面差しにほほ笑みもない。

「まだわからない。会えるようなら、僕から連絡するよ」

「…………」

冬海の答えを聞いて、自分が断られるとは考えていなかったのだと知る。

「あ……わかった。待ってる」

なんとかそう返したが、語尾が上擦《うわず》ったのはどうしようもなかった。

カウンター席から離れると、会計をすませる。アルバイトの彼が話しかけてきたが、上の空で答え、足早に店を出た。

自宅へと戻りながら、鼓動の速さに気づく。洸はどうやらショックを受けているらしい。

肯定的な返答を望んで、それが叶《かな》えられなかったことに傷ついている。

冬海にだって都合はある。曖昧《あいまい》な返答をされたからといって一方的に傷つくのは間違っていると承知で、冬海に対する疑念が大きくなっていく。

やはり、あの女性客の誘いを受けたのだろうか。

いま、自分には向けられなかった冬海の笑みを思い出して、洸は眉をひそめた。

冬海はどうしたいのだろう。抱き寄せたり、突っぱねたり、洸を振り回していったいなにがしたいのか。

冬海の気持ちが、洸にはまるでわからなかった。

5

なぜ洸にあんな態度をとってしまったのだろうか。

昼の休憩中も特に予定はなかったというのに、結局連絡しなかった。

きっと洸は傷ついているはずだ。消沈して大学に戻ったにちがいない。次に会えるまで、このぎくしゃくした気持ちを引きずるはめになる。それをわかっていながら冬海は手をこまねいていた。

普段、感情をあまり顔に出さない洸は、身の内に情熱を燃やすタイプだ。サーフィンしかり、恋愛事しかり。

子どもの頃からそうだった。

――あいつ、俺の部屋にこっそり入って雑誌やら写真集やら勝手に見てたんだよ。ちゃんともとに戻してあるから、まったく気づかなかった。

予定より早く帰宅した際、偶然自分の部屋で弟の姿を発見したためわかったのだと、輝がこぼした。そのときが初めてではなく、何度もくり返していたらしいと。

洸の目当ては、サーフィンの専門誌や写真集だった。あの頃の洸は、サーフィンに関するものならなんでも見て、吸収していった。

——あいつの根性っていうか、食らいついたら離さない的な性分には、俺もマジでびびるし。

輝の言葉に、冬海も同意した。だから上達するんだよ、と言って。

恋愛に関しても同じだ。言葉ではなく、そのまなざしや些細《ささい》な表情の変化で冬海への想いを伝えてくる。

それが心地よくもあり、羨《うらや》ましくもある部分だった。

同時に、微《かす》かなもどかしさを感じている。

冬海さんに好きになってもらうために努力する。そう言っていたくせに、洸のやり方はとても積極的とは言えない。好きだという気持ちは伝わってくるのに、必死さが足りないのだ。

好きという言葉すら、冬海が強要してやっと口にする。いまもそうだ。曖昧な返答で躱《かわ》したら、あっさりと引き下がった。理由も聞かなかったし、どうしても今夜がいいと強く言ってくることもなかった。

セックスに関しても同じだ。冬海から誘えば応じるが、痛々しいほど身を硬くする。本音はしたくないのに、断れば嫌われるとでも思って受け入れているのではないかと思えるほどだ。

もっとも、それならそれでも構わないと思ってしまうのだから、洸が怯《おび》えるのは当然だとも言える。

「——なんだか、面倒だな」

ぽつりとこぼれた自分の言葉に、冬海は自嘲《じちょう》した。なんて台詞《せりふ》なのか。洸が聞いたならきっとこれ以上ないほど傷つくだろう。

店内でひとり片づけをしつつ、自分はつくづく冷酷な人間だと実感する。普通のひとと比べて、なにかが欠如しているのかもしれない。洸に対しては確かに愛おしいという感情はあるのに、それが、子どもの洸を可愛く思っていたあの頃となにがちがうのか冬海はいまだ明確にできずにいる。

店のドアが開いた。洸かと思いそちらを見ると、入ってきたのは別の人間だった。

「close のプレートが見えなかった？」

すみませんと口では言いながら、金森は悪びれずに歩み寄ってくる。

「彼、あなたと客が仲良くしている姿を見て、傷ついてましたよ」

彼というのが誰であるか問うまでもない。だが、金森にそれを指摘される謂《いわ》れはなかった。

無言の冬海に、金森はさらに言葉を重ねていく。

「本当に、見ていて気の毒でした。彼には同情しますね。あなたみたいに冷たくて、誰でもいいなんてだらしないひとに本気になったら、泣きを見るだけ」

どうやら金森は、冬海と洸の関係に気づいているようだ。洸が自分から話したとは考えにくいので、金森がそういう面において鋭いのだろう。

だが、金森になんと言われようともどうでもよかった。この件に関しては、責められても怒りも苛立ちも不快感もまったくと言っていいほど湧《わ》かない。

洸が気の毒だというのも、自分が冷たいというのも、冬海にしてみればいまさらだった。

「きみなら洸を幸せにできるのにって？」

冬海がそう言うと、金森は呆《あき》れを含んだ半眼を流してきた。

「泣きを見るっていうのは否定しないんですか。まあ、来る者拒まず去る者追わずのあなたにとって同性との関係なんて、隠すほどのことでもない軽いものなんでしょうね。言っておきますけど、俺があなたたちの関係に気づいたのは、友成くんからじゃないですよ？　あなたのほう」

「僕？」

意外な一言を聞いて、どういう意味だと視線で聞いた。

金森は、まるで重大な告白でもするかのように、芝居がかった仕種《しぐさ》で顎《あご》を引いた。

「ええ。最初に会ったとき、あなた、彼の髪に触れたでしょう？　あのときにわかりました。芦屋さんって、他人から寄ってこられるのは平気でも、自分から寄っていくことはないでしょう？」

「…………」

冬海は顔をしかめた。そのときのことを思い出そうとしても無駄なので、髪に触れるという指摘に関して考えたのだ。

洸には何度も触れてきた。子どもの頃からなら、数えきれないほどだ。それは、洸の乾いた髪やさらりとした肌の感触を気に入っているからであり、冬海が触れたときの洸の反応が見たいがためでもあった。

確かに、自分から手を伸ばす相手は朋春を除けば洸ひとりだ。

「あなたと初めて会ったとき、なんて冷たいひとだろうって思いました。誰でも簡単に受け入れておいて、相手に期待させるだけさせて、当の本人はまるで他人事《ひとごと》。最初から最後まで冷めた目をして、相手を打ちのめす。本気になっても無駄。よくいままで刺されずにすみましたね」

金森の口上は、冬海には無意味だ。

金森が洸を好きなら、振り回している冬海を嫌うのは当然だが、冬海をどれだけ責めたところで自分の想いが叶うわけではない。

「きみの意図がさっぱり読めない。回りくどい言い方はやめてくれないかな。ようするに、洸と別れろって言いたいの？　ああ、それとも僕と寝たいって意味？」

直後、かっと金森のこめかみが染まった。

どちらの問いかけが金森の神経に障《さわ》ったのか、眦《まなじり》を吊《つ》り上げ、憎しみを込めた双眸《そうぼう》を冬海に向けてくる。

「最低。よくそんなことが言える。そこまで恥知らずだなんて。俺がいつあなたと……っ」

忌々《いまいま》しげに吐き捨てた金森を前にして、冬海は気がついた。洸の話題は、冬海を責めるための材料に過ぎない。金森の激情はすべて冬海自身に向けられたものだ。

他人に嫌われるのは慣れている。中には憎いと思う人間がいても不思議ではない。

怒りの滲《にじ》んだ顔を窺っていると、金森が唇を引き結んだ。そして、取り乱した自分を叱責《しっせき》するように舌打ちをして、ふたたびその面差しに冷静さを張りつける。

「でも、そうですね。寝たいって言ったらあなたは当然断らないですよね」

だが、冬海を睨《にら》む眼光はやはり冷静とは言い難かった。

どうしてだろう、と冬海は思案した。なぜここまで金森は必死なのか。洸が好きだというなら、冬海に不満をぶつけるよりも洸を説得すべきだ。

「悪いけど」

怪訝に思いつつ、冬海はかぶりを振った。

「断るよ。そう約束したから」

「……っ」

この返答は想定外だったらしい。双眸を見開いたかと思えば、金森の頰は見る間に赤黒くなった。

戦慄《おのの》く唇を前にして、なにげなくその一言を口にする

「僕と、過去に会ったことがあるの？」

冬海にしてみれば、たいして意味のない質問だった。過去に会っていようといまいと、断るという選択に変化はないのだ。

だが、金森はちがった。つかつかと歩み寄り、正面に立ったかと思うと冬海の頬を平手で叩《たた》いた。

おかげで返事は必要なかった。

金森の目的は、初めから冬海だったらしい。過去に会ったことがある。その事実のみで十分だ。いつ、どこでなんて関係ない。どうせ思い出せないし、考えずとも明白だった。

冬海は、誘われた相手の顔をまったく憶《おぼ》えていなかった。

「もし傷つけていたなら、悪かった。でも、きみも言ったようにちょっと前までの僕には相手が誰であっても同じだったから」

重要なのは、断らないという一点のみだ。不誠実であるのは確かだろうが、相手も似たり寄ったりだった。初めから遊びと割り切っているか、もしくは冷めた冬海に愛想を尽かすかのどちらかなので、金森が言ったような物騒な事態に陥ったことは過去に一度もない。

あからさまな敵意を示されたのも、いまが初めてだ。

「彼との約束は守るって？　どうせ表面上だけのくせに。まさか、彼は特別だって言うつもり？」

「――――」

即答を避ける。

答えられなかったというのが本音だ。

洸が特別なのは、その通りだ。他の誰ともちがう。洸は親友だった輝の弟だし、恋人だ。

自分のような恋人をもつはめになった洸には同情するが、洸は冬海に約束した。

誰の誘いも受けない代わりに、恋をさせてくれると。

だから、恋に溺《おぼ》れて、洸しか見えなくなる日が来るのを冬海は待っている。その瞬間がまだ味わえないことに焦《じ》れてもいるのだ。

「そうだね」

金森はこの答えが気に入らなかったのだろう。

「嘘《うそ》だ」

忌々しげに吐き捨てる。

「嘘って言われても」

直後、視線を感じて言葉を切った。窓の外へ目を向ける。そこには洸が立っていて、冬海を見つめていた。

なぜ、ここに？　大学に戻ったのではないのか。

洸は、冬海と目が合うと表情を硬くする。金森と一緒にいるからだ。金森とふたりでなにを話しているのかと疑心暗鬼になっている、その様子が手に取るように伝わってきた。

冬海の視線を辿《たど》って、金森も洸に気づいた。かと思えば、いきなり冬海のシャツの胸元を摑《つか》み、自身へと引き寄せた。

唇がぶつかる。反射的に身を離したが、唇は触れ合った。

一瞬だけだったが洸は勘違いしたかもしれない。冬海が金森に誘われて、いままでみたいに簡単に承知したと思い、軽蔑《けいべつ》したかもしれない。

「……洸」

ちがう。ちゃんと断った。キスもしたくなかった。

言い訳したい一心で金森を押しのけ、外へ向かって一歩足を踏み出した。が、動けたのはそこまでだった。

洸は踵を返し、走り去ってしまった。言い訳どころか止める隙《すき》もなかった。そればかりか、金森とのキスを目撃した洸がどんな顔をしたか、それすら確認できなかった。

「…………」

その場に呆然《ぼうぜん》と立ち尽くす。

どうしていいか、どうすべきかなにも頭に浮かんでこない。真っ白になり、洸が立っていたところをただ呆然と見つめるばかりになる。

「逃げられましたね。まあ、よかったんじゃないですか。どうせいつかこうなるなら、彼の傷は浅いほうがいい」

金森が嫌悪を剝《む》き出しにして鼻を鳴らした。

逃げられた――金森の指摘で、そうかと気づく。洸は冬海に呆れ、厭《いや》になって逃げたのか。確かにそのほうがいい。洸を傷つけたくないし、自分みたいな人間と離れたほうが洸のためだ。洸なら他にもっといいひとが見つかるはずだ。

洸に相応しい相手はいくらでもいる。少なくとも自分よりマシな相手が。

洸が始めた関係だ。

洸から告白してきたのだから、洸が厭になればその時点で白紙に戻る。

「――しようがない」

呟《つぶや》いた声が掠《かす》れて、冬海は咄嗟《とっさ》に手のひらで胸を押さえた。胸の奥が掻《か》きむしられるかのような息苦しさを覚え、何度か深呼吸をくり返した。が、苦しさは少しもやわらがない。落ち着くどころか増す一方だ。

こめかみがキンと痛み、瞼《まぶた》の裏側が熱くなる。

「……嘘だろ」

最初は自分の声かと思ったが、そうではなかった。

それまでしたり顔だった金森だが、冬海を見た途端、表情を一変させた。頬を強張《こわば》らせ、口を半開きにして、疑心もあらわに熟視してくる。

「なんだよ、それ。彼のためなら、泣くんだ？」

その言葉を、冬海は理解できない。誰が泣いているって？　ああ、洸のことか。洸を泣かせてしまったのか。

なにを言っているのだろう。

そう思うとなおさら胸が痛み、冬海は唇を噛《か》んだ。

「どうして泣くのかって聞いてるんだよっ」

金森が激しい剣幕で怒鳴ってきた。それが、自分に向けられた言葉だとようやく気づく。

「……泣く？」

我に返った冬海は、胸に置いていた手を頬へとやった。指先が濡《ぬ》れる。その事実を前にして、ようやく自覚した。

「……どうして、こんな」

涙なんか——。

どうして自分は泣いているのか。泣くのは洸ではないのか。

金森とキスしている場面を洸に見られた。洸は傷ついたにちがいない。冬海を疑っただろう。洸はまっすぐな性格だから、約束を破った冬海に嫌悪感を抱いたとしても当然だった。

そして、洸は去った。

一言の弁解もさせてくれずに、冬海の前から消えた。

たったいま起こった出来事を脳裏で再現すれば、頬を新たな雫《しずく》が伝う。

「……なんだ……僕のほうか」

愚かにも、こうなって傷ついているのは洸ではなく自分だと冬海は知った。

洸に嫌われて、去られて、涙を流すほどショックを受けているのは誰でもなく冬海自身だった。

ようやく気づく。自分は洸を試していたのではない。洸の気持ちをそのたびに確認していたのだ。

洸に愛されている自分を。

そして、安心していた。だからいま洸に去られて立ち尽くし、一歩も動けないほど衝撃を受けている。

「ふざけんな」

金森が顔を歪《ゆが》める。

「俺のことは憶えていないくせして……誰のことも憶えていないくせして……あいつのためなら泣くのかよっ。そんなにあいつがいいっていうのか！」

悲鳴にも似た問いかけに、金森と自分が重なり、冬海は深く項垂《うなだ》れた。

「ごめん……きみを、憶えてなくて」

金森とは以前会っていたらしい。誘われて、軽々しく承知して、一夜を過ごしたのだろうか。だが、綺麗さっぱり忘れ去っている。多くの相手の中で記憶に残っている者など皆無に等しい。

なんて男だと、改めて自分の愚かさが身に染みた。

「本当にごめん……僕は……」

これまで、だらしのなさを愁時や朋春に非難されてきた。洸には、やめてほしいとはっきり言われた。

冬海は、いま初めて自身の罪の重さを知った。

なんてことをしたのか。してきたのか。自分の感情とエゴに囚《とら》われるあまり周りが見えなくなり、他人の気持ちを考えずにいた。

誰も傷つけずにすむからと相手構わず軽い関係をくり返してきたのは、ようするに、自分が傷つきたくなかったから。自分を守るため、それだけだった。

「……ごめん」

「うるさい！」

金森が、冬海の謝罪をさえぎる。

「謝るな！　あんたに優しい言葉をかけられて……本気にした俺が馬鹿だったってだけ。あんたのことなんか……嫌いなんだよ！」

「ご……」

悔しげに唇を噛む金森を前にして、謝罪の言葉を呑み込む。謝って許してもらおうなんて、あまりに都合がいい。

「僕は、どうすればいい？　どうすれば——」

先の言葉は、勢いよく開いたドアにさえぎられた。

洸だ。洸は眦を吊り上げ、険しい双眸で金森を見据えてつかつかと店内を進んできた。冬海を守るかのごとく間に立ち塞《ふさ》がると、やおら手に持っている紙袋を金森に押しつけた。

「このひとに触るな」

洸の声音《こわね》は、その表情と同じで敵意に満ちている。

ひどく憤慨しているようだ。それが証拠に白くなったこぶしが微かに痙攣《けいれん》していた。

「ここから出てけ。そのひとから離れろ！」

吐き捨てるようにそう告げた洸を、

「馬鹿じゃないの！」

金森が鼻であしらう。充血した目で睨み、頬を引き攣らせ、これまで冬海に向けていた悪感情を今度は洸に向ける。

「洸——駄目だ」

こんな醜い場面に居合わせてほしくない。洸のような素直な子がここにいてはいけない。

その一心で洸に手を伸ばす。

背後から腕を摑んだが、当の洸はその場に仁王立ちして一歩も動こうとしなかった。

肩を怒らせ、金森に立ち向かう。

「なんでそんな奴を庇《かば》うんだ。無駄だよ。どうせあんただって、いずれはこのひとに傷つけられるんだ」

冬海自身ですら否定しきれない一言だ。

が、洸は少しも迷わなかった。

「だからなんだっていうんだ。傷つくことを恐れて逃げるなんて、俺はごめんだ」

洸の声音にはわずかの淀《よど》みもない。力強く、澄み、凜《りん》とした輝きさえ感じさせる。

洸は本気だ。自分ですら、こんなひどい男は他にいないと呆れるほどだというのに、そのひどい男を全力で守ろうとしてくれるのだ。

「強がりだろ？　身代わりのくせして」

侮蔑のこもった金森の言葉に、洸は身体を震わせる。金森が過去の経緯について誰から耳にしたのか、最早問題ではなかった。大事なのは、洸が自分のためではなく、冬海のために怒っているという事実だ。

「それでも、このひとを傷つけたら許さない！」

洸が、冬海を庇って両手を広げた。

金森は青褪《あおざ》め、怯《ひる》む。

十分だった。

冬海の意識から金森が──他のすべてが消える。洸だけに向かう。

誰に罵倒《ばとう》されても構わない。ただひとり、洸が傍《そば》にいてくれたらそれでいい。冬海は自分がどれほど洸に心を奪われていたのか、いまになって実感していた。

腕を摑んだ手で、洸を引き寄せる。

「──洸」

そのまま背後から掻き抱いた。

「洸……洸」

幾度となく名前を呼ぶ。いくら呼んでも足りない気がしていた。

「……なんだよ。どうせ駄目になって、あとで泣くはめになるのに」

金森がなおも非難してきたが、冬海の胸にはもう届かない。身勝手なのは承知で、洸が戻ってきてくれたという事実に安堵《あんど》し、喜びを嚙み締める。

洸が冬海のために怒り、必死で守ってくれた。その姿がいじらしくて、愛おしかった。

「……そのときになって後悔すればいい」

捨て台詞とともに金森が踵を返し、店から出ていく。ふたりきりになった瞬間、思わず笑みをこぼした自分は、なんて傲慢《ごうまん》な人間だろうか。

だが、それもいまさらだ。

「洸」

洸の乾いた髪にキスをしたとき、冬海の身体《からだ》じゅうを満たしたのはこれまで味わったことのない未知の感情だった。

鼓動が脈打ち、肌が粟《あわ》立ち、指先まで痺《しび》れる。

これは、恋だ。

洸はとっくに約束を果たしてくれていたというのに、恋に溺れるあまり、自分が恋をしているという事実にすら気づいていなかったのだ。

「……冬兄」

冬海を覗き込んだ洸の目が、直後、見開かれた。その面差しから見る間に怒りが消えていき、代わりに戸惑いが映し出された。

「冬兄——あいつに、なにかされたの？」

半身を返した洸は、冬海を正面から見つめて眉をひそめる。心配そうなその顔に、冬海はかぶりを振った。

「なにも」

「でも……冬兄……泣いて」

洸が驚いたのは冬海が泣いているせいらしいが、それは金森のせいではない。

「本当にちがうんだ」

他の誰のためでも冬海は泣いたりしない。

「洸のせい。洸が、僕を泣かせたんだ」

「……俺？」

「そう。僕を泣かせられるのは、洸だけ」

いっそうきつく抱きしめると、洸の身体がびくりと跳ねる。その、普段と同じ反応に、洸が自分のもとに戻ってきたのだと実感する。

「洸に嫌われたかと思って」

そう言うと、洸は慌てた様子で目を白黒させた。

「嫌うなんて、ない。どうして俺が――」

語尾が上擦る。洸の勢いはここまでだった。小さく息をつくと、頼りなげな声でぽつぽつと話し始める。

「俺はただ、冬兄と話さなきゃって思って……向こうに戻るのを一日遅らせて店に来てみたんだ。でも、そんなの吹き飛んだ。冬兄が金森さんとキスしてるのを見て――かっとして、追い払わないとって――それしか頭になかったから」

金森とキスした場面を目撃されたとき、誤解されたくない、冬海が真っ先に考えたのはそれだった。望んでキスしたと思われたら困る。いますぐ誤解を解かなければ。それだけを考えていた。

だが、いまの言葉を聞いて自分の浅はかさを知る。

洸は、簡単に気持ちを変える人間ではない。それを誰より知っているのは自分だったはずなのに。

「洸。洸が口直しして」

きつく抱いたまま懇願する。

「洸としか、キスしたくなかった」

「…………」

洸が息を呑む。

冬海の腕の中で小さく震えだし、呼吸も荒くなる。

「洸とだけキスしたい」

誰の誘いも受けないという約束を守ろうとしたのは、いつしか洸のためではなくなっていた。自分のためだった。

冬海がキスして触れたいのは、洸ひとりなのだ。

「……冬兄」

躊躇う洸に、早くと耳許でねだる。

洸の額が、冬海の肩口から離れた。

「――冬海さん」

冬海を見上げたその目が、冬海の唇を捉《とら》える。じっと見つめたままで、洸は顔を近づけてきた。

洸のキスを待つ間、じれったさで背筋が痺れた。触れたときには明確な欲望を感じた。だらしがないと責められる冬海だが、性欲が強いわけではない。むしろ、強い性欲とは無縁だった。

それなのにいま、触れるだけのキスに、腹の底から激しい欲望が突き上げてくる。

「洸が、欲しい」

これほどの衝動は初めてで、冬海は全身でその悦《よろこ》びを満喫していた。


熱いまなざしで見つめられ、洸は身を震わせた。身体が火照《ほて》り、息が苦しくなり、立っていることもままならなくなる。

「洸の身体の隅々まで触れて、キスしたい。ふたりの境目がわからなくなるほど繫《つな》がって、溶け合いたい」

「…………」

頭の中に直接囁《ささや》かれているかのような冬海の甘い言葉は、洸から冷静さを奪う。とうとう自力で立つことをあきらめた洸は、冬海に全体重を預けた。

「洸、僕が好き?」

ぼんやりとなった思考の中で問われ、頷く。好き、と言葉でも言おうとしたとき、冬海自身が洸の唇を手で押さえて阻んだ。

理由は、洸にもわかった。

「朋春」

と、冬海がその名を口にしたからだ。

外から戻ってきた朋春は顔をしかめ、所在なさげに視線をうろつかせていた。

「あー……うちの中では、そういうの控えてくれないかな」

ばつの悪そうな声を聞いて、一気に頭が冷える。同時に、顔から火が出そうなほどの羞《しゅう》恥心《ちしん》に駆られ、洸は慌てて冬海から身を離そうとした。

だが、実際はわずかも離れられなかった。冬海自身が洸を引き寄せ、これまで以上に抱き締めたためだ。

「冬……に」

どうしていいのか、戸惑う。振り向くこともできず、冬海の胸に赤面しているであろう顔を埋《うず》めて隠し、二階へ行くか、もしくは店から出ていくか、この場から朋春が一刻も早く立ち去ってくれるようひたすら祈った。

「俺はまだしも、愁兄がもうすぐ帰ってくるの、知ってるだろ？」

朋春の声にはあからさまな躊躇《ちゅうちょ》が滲んでいる。当然だ。帰宅した途端にこんな場面を見せられれば誰でも狼狽《ろうばい》するだろう。

「つか、ふたりでどこか行けばいいじゃん」

そうしたい、と視線で冬海に訴える。もし朋春が去ったとしても、この後愁時が戻ってくるのだ。

「無理」

冬海は、思案の余地もなく即答した。

「少しも待てない。朋春が愁兄とどこかへ行って。もし行かなくても、やめないよ」

朋春の呻《うめ》き声が店内に響き渡る。

「そ、そんな宣言されても！」

せっぱ詰まった口調でがなり立てる。

洸の羞恥心は限界に達し、眩暈すら覚えた。

一方で、あれほど別の場所に移りたいと冬海に望んでいたはずなのに、いまは自信がない。少しも待てないという冬海の言葉で、洸も待てる気がしなくなった。

「洸、僕を好き？」

冬海が、さっきと同じ質問をしてきた。

「サーフィンをしない僕でも好き？」

「………」

洸にしてみれば意外だった。冬海が、こんなことを言い出すとは思いも寄らなかった。

確かに洸は、サーフィンをしている冬海が好きだった。再開してほしいと願っているのも本当だ。でも、それは冬海の一部に過ぎない。冬海が、冬海だから恋をし続けたのであって、サーフィンをやめたからといって冷める気持ちではない。

「ねえ、言って」

「………」

耳許で甘く囁かれて、洸は羞恥心を捨てようと決めた。

朋春や愁時の存在は気になるが、それ以上に大事なのは冬海だ。冬海に誤解されているのなら、洸はそれを解く努力をすべきだろう。なにより冬海が、いま洸の言葉を待っているのだ。

「……冬海さんが」

胸から顔を上げ、冬海を見つめる。目が合うと、指先まで電流が走ったような錯覚に囚われた。

「好――」

「わあ！」

背後で奇声が上がった。

「わかった。わかったから、あと五秒……や、三秒だけ待って」

懇願するような慌てた声、ばたばたという足音。続いて、ドアの閉まる音。

背中でそれらを聞きながら、洸は緊張のため強張っている唇をふたたび解《ほど》いた。

「冬海さんが……好き。サーフィンは関係ない。だって、俺が好きって自覚したのは、冬海さんがサーフィンをやめてからなんだよ？」

洸の告白に、冬海が口許を綻ばせる。頬の涙は乾いていたが、洸の目には、いまにも泣きそうな表情にも見えた。そして、どこかほっとしているようにも――。

頬に手を伸ばした洸だが、触れられなかった。

「僕も好きだよ」

冬海がそう言ったからだ。

「…………」

洸にしてみれば不意打ちで、思わず冬海を熟視する。冬海は右手で洸の頬を包むと、もう一度同じ言葉を口にした。

「僕も洸が好きだ」

今度は一度目より情熱的に。

「……ほんとに？」

いまの冬海が嘘や冗談で「好き」なんて言わないのは、洸自身が誰よりわかっている。ひとを好きになることを恐れていたくらいだ。

だから、これは本当であるはず。

どうか本当でありますように。

「嘘なんてつかない。ちゃんと好きだ」

「冬……海さ……」

鼓動が早鐘のごとく打ち始める。それは身体じゅうに広がっていき、実感した瞬間、ざっと肌が粟立った。

「いつの間にか洸が大事な存在になっていた。輝の弟だっていうのを忘れるくらい、大事なんだ。僕がどれだけ洸を好きか、教えてあげたい」

冬海だけ。冬海のことしか考えられない。微かに残っていたはずの朋春への罪悪感も、一瞬にして弾《はじ》け飛んだ。

「――教えて」

洸の返答に、冬海が苦笑した。

「いいよ。洸が厭じゃないなら」

「厭なわけない」

ずっと好きだったのだ。好きな相手と触れ合えて、厭な人間がいるだろうか。

「でも、洸は僕が触れると、いつも身を硬くするだろう？」

「……それは」

冬海に触れられると、緊張で動けなくなるのは事実だ。抱き合ってしまえば、思考が飛んでわけがわからなくなるというのもある。

「それは、ちがう」

洸はかぶりを振った。

「厭なんて思ったことない。厭なわけがない。俺はいつだって冬海さんに触ってもらうと、嬉しい」

いまもそうだ。冬海のぬくもりを感じると悦びで心臓は痛いほど脈打ち始める。膝も震えて、立っているだけで精一杯だ。

「洸」

冬海が、吐息交じりの声を聞かせる。洸のこめかみに唇を押し当て、そこで囁いた。

「だったら、いますぐ示させて。それから洸も教えて。洸が僕をどれくらい好きか」

熱情のこもった真摯《しんし》な瞳だ。

冬海のまなざしに煽《あお》られた洸の身体も、あっという間に熱を持つ。

「……ん」

背伸びをして洸から唇を寄せ、キスをしかけた。冬海の唇を舌先で舐めてから、深く合わせていった。

「ふ……う」

洸に応《こた》えて冬海が舌を搦《から》めてくる。夢中になってキスしながら、互いの身体を押しつけ合った。

「あ、冬海さ……」

冬海の手が、シャツの上から洸の胸をまさぐってきた。布越しに胸の尖りを弾かれて、背筋を甘い痺れが駆け抜ける。

「冬海さん……二階に、行こう」

冬海にしがみついてそう訴えると、冬海が、いいよと承知してくれた。キスを交わしながら、縺《もつ》れ合うように二階を目指す。

「あぅ」

が、冬海の中心が腰に当たったとき、洸はとうとう膝を崩した。

たった十数段の階段が、厭になるほど長い距離に感じる。冬海の部屋に辿りつくまであと数十秒はかかるだろうと思えば、気が遠くなりそうだ。

「洸……」

冬海が、洸のジーンズの前を開いた。ベッドどころかまだ一段も上がっていなかったが、洸には冬海を止められない。それどころか、もっとと先を急《せ》いてしまう。

「あ……冬……」

下着の中に手が入ってきて、洸は仰け反った。いつも以上に昂奮《こうふん》していると、自分でもわかっていた。

「洸……もう、こんなに濡れてるね」

性器を包み込まれ、あられもない声がこぼれる。恥ずかしさのあまり反射的に首を左右に振ると、冬海が洸の唇に囁いた。

「大丈夫。洸だけじゃないから」

ほんとに？　と視線で問う。冬海は、すぐにそれを証明した。

前をくつろげると、硬くそそり立った自身を示す。利き手で洸のものを愛撫《あいぶ》しながら、もう一方の手で自慰する冬海に、堪らない気持ちになった。

洸はいったん冬海から身を離すと、冬海の前に跪《ひざまず》いた。

「……あんまり、見ないで」

そして、そう言ってから冬海のものに唇を寄せた。

「洸――」

先端に口づけると、冬海自身がぴくりと反応する。そのことに勇気づけられて、口中へ含んでいった。

「洸……こんなこと、しなくていい」

洸を制止する冬海の声が掠れている。感じているのだと思えば、洸の欲望もこれまで以上に募っていく。

頭を離されそうになって、洸は潤んだ上目を冬海へと投げかけた。

「したい……ずっと、したかった」

舌を這《は》わせる。根元まで舐《な》め、先端へと戻り、じわりと滲んだ雫を舌先ですくった。それからふたたび口に含んで舌を使い、唇と上顎で扱《しご》く。

冬海に気持ちよくなってほしい。その一心で奉仕を続ける。

冬海ももう止めない。

「洸、すごくいい……そんなにしたら、出ちゃうよ」

うっとりと言われ、躊躇などまったくなかった。最後を促し、口淫《こういん》に熱を込める。

「洸」

冬海は、洸を誉《ほ》めるかのように優しく髪に指を搦め、撫《な》でた。

「うん……」

それを合図に喉《のど》の奥まで深く迎え入れる。次の瞬間、冬海の絶頂が口中でほとばしった。

「――洸」

冬海の終わりを受け止めながら、なおも愛撫をする。飲みきれなかったものが口からあふれ出て顎を伝うのにも構わず、舐め、吸いつく。

冬海が自身の根元を扱きながら、ああと声を上げた。

自分の愛撫でいってくれたのが嬉しくて、洸は離れられずに口淫を続ける。が、冬海が身を引いた。名残《なごり》惜しさから不満の声を上げると、冬海は洸の腰を抱いて無理やり立たせた。

「洸が、こんなにエッチな子だったなんて知らなかったな」

至近距離で覗き込まれ、頬が赤らむ。

恥ずかしいというより、絶頂の余韻の残る冬海の表情がひどく淫《みだ》らに見えたせいだった。

「エ……チだよ。俺、いつも、冬海さんとしたいって思ってる」

洸の言葉に、冬海がほほ笑む。

「僕を思い浮かべながら、自分でしたことある？」

「……っ」

わかりきっているというのに、意地の悪い問いかけだ。冬海を想いながら自分を慰めたのは、一度や二度ではなかった。

そのため、冬海に無視されていた八年間は後ろめたさがあった。が、どうしようもなかったというのも事実だった。そもそも漠然としていた自分の気持ちが憧れ以上のものだと明確に自覚したのですら、冬海の夢を見て自分を慰めたのがきっかけだったのだから。

「ねえ、洸。答えて」

重ねて問われて、開き直る。隠したところで冬海にはばれているだろう。

「初めてしたときから、ずっと……冬海さんだけ」

口ごもりつつそう答えると、冬海はいきなり洸のシャツの釦《ボタン》に手をかけた。襟元のみ外すと、頭から抜いてしまう。

「洸のせいだよ」

そう言って、さらにはジーンズと下着も足から抜く。瞬《また》く間に一糸纏《まと》わぬ姿にされたかと思うと、なにを問う隙もなく洸は階段に這わされていた。

「洸が可愛いことを言うから、ベッドまで待てなくなった」

言葉どおり、冬海は洸の下肢を開かせる。

「あ、や……」

抵抗は、階段を一段膝で上がっただけだった。

「あうう」

狭間《はざま》に舌を這わされ、洸は身を捩《よじ》る。が、冬海はやめようとはしない。

「や、冬……そんなところ……汚……な」

勝手に涙がぽろぽろとこぼれ落ちる。入り口を舐められ、舌先で割られ、頭の中は真っ白になる。そこで愉悦を味わうことにすら混乱した。

「駄目だよ。洸が厭がってもする。洸とすぐに繫がるためなら、なんでもする」

「あ……ひぅ」

濡らして緩めた場所に、指が挿《はい》ってきた。舌で蕩《とろ》かされ、指で中を擦《こす》られて広げられると、洸には抗《あらが》うすべはなかった。

中途半端に触られていた性器から快感の証《あかし》があふれ、階段まで糸を引く。洸が感じていることを冬海には隠せない。

「洸……気持ちいいの？」

「ふ……ぅん、う……」

気持ちいい。羞恥心は残っているし、やめてほしいという気持ちもあるのに、快感がそれらを押し流す。

「すごいね。中がうねってるよ」

「あ、あぅ」

耳許で指摘されて、これ以上の我慢はきかなかった。自分で性器を握って、擦り立てた。

「あ、あ、い……」

前と後ろの快感に身悶《みもだ》えする。一気に頂点へと駆け上がった。

「うぅ、あ、いく」

洸は背をしならせ、声を上げた。が、実際は達することは適わなかった。

「まだ我慢して」

冬海が自慰する洸の手を外させ、根元を押さえたからだ。

「や……っ」

思わず冬海を責める。激しい欲望が体内で渦巻いて、これ以上我慢したら気がおかしくなってしまいそうだった。

洸の願いは叶えられない。

「いくのは、僕が挿ってからだよ」

冬海は無情な命令を下すと、洸のうなじにキスしてきた。過剰なほど敏感になった肌は、それだけでざっと粟立つ。

「冬海さ……やだ……」

肩越しに、背後の冬海に懇願する。

「大丈夫。僕も我慢できない。いますぐ洸の中に挿るから」

冬海の熱が、狭間に触れた。

期待で喉が鳴り、洸は身体から力を抜いた。

これまでの数回もいまも冬海が欲しいという気持ちに変わりはない。が、身の内からこみあげる欲望を味わうのは初めてだった。

冬海が欲しい。中を突いて、ぐちゃぐちゃにしてほしい。

それなのに、まだ冬海は焦らそうというのか、先端で入り口を擦るばかりだ。

「冬……海さん」

早くと無言で急かすと、冬海はさらなる要求を突きつけた。

「言って、洸。どうして欲しい？」

「冬兄……」

頭の中までどろどろだ。なにも考えられないし、自分がなにを口にしているのかも定かではない。

「冬兄じゃないよ？」

洸がわかっているのは、これ以上一秒だって待ちたくないと、それだけだった。

「冬兄……いきたい……冬兄を、挿《い》れて」

たがが外れるというのは、こういうことを言うのだろう。洸は自分から腰を上げ、あられもない格好でねだった。

「冬兄じゃないって言ってるのに。悪いことしてる気になるだろ？」

冬海はそう言い、洸の腰を抱いてきた。そして、ようやく洸の望みを叶えてくれる。

「あ――」

入り口を割り、冬海が挿ってくる。痛覚が麻痺《まひ》でもしたのか、開かれる苦痛はなく初めから快感が身体を貫いた。

「あ、あぅ……熱……冬……」

腰を固定されて揺すり上げられ、深い場所まで満たされる。性器から冬海の手が離れた途端、洸は最初のクライマックスを迎えてきた。

「あぁぁ」

「洸――そんなに締めたら、優しくできない」

冬海は、洸に絶頂の余韻を与えるつもりはないようだ。言葉どおり思うさま揺さぶってくる。

洸も待ってほしいとは言わなかった。ひたすら冬海だけを感じていたかったのだ。

「洸、すごくいい。めちゃくちゃにしてしまいそうだ」

「あ、い……あぁ」

めちゃくちゃにしてもいい、と言いたくても言葉にするのが難しい。唇からは喘《あえ》ぎ声ばかりがひっきりなしにこぼれ出る。

冬海のもので体内を穿《うが》たれ、揺すられ、洸が味わうのは目も眩《くら》むほどの愉悦だ。冬海の熱や硬さ、質量をダイレクトに感じると、身体ごと心まで蕩かされる。

「や……」

胸を撫でられ、階段を引っ掻いた。

「やじゃないよね。ここを弄《いじ》ると、洸の中が――ああ、すごいね」

「うぅ……んっ」

冬海の言葉に嘘はない。意思とは関係なく冬海を締めつけてしまう。絡みつく内部を自覚すれば、さらなる快感が洸の身を貫く。

「あ、あ、や」

「洸、中で出していい？」

耳許で問われ、懸命に頭を縦に動かした。

「あぅ――」

けれど、洸のほうが一瞬早かった。二度目は、階段に性器を擦りつけながら達した。

「洸」

直後、いっそう深い場所を抉《えぐ》られた。強引に奥深くを突き上げ、そこで達した冬海の最後を、洸は小さく悲鳴を洩《も》らして受け止めた。

「洸……洸」

自分の名前を呼ぶ冬海の声とキスを、陶酔の中で味わう。うなじや頬、こめかみと辿っていき、顎を捉えられると深く口づけられた。

濃厚なキスに、少しも熱はおさまらない。

冬海は洸から身を退《ひ》いたが、口づけは解かなかった。

舌を絡ませながら正面から抱き合う。見つめ合い、吐息まで奪い合い、互いの存在だけになる。

身体が浮き上がった。冬海が階段を上がる間もキスは続ける。

「ベッドでもう一回したいな」

「……ん」

冬海に関して、洸の欲望に際限はない。きっと何度抱き合っても、すぐにまたしたいと思うのだろう。

「その前にシャワー使おう」

行き先はバスルームだ。芦屋家のバスルームを使うのは何度目かになるが、洸には、冬海に初めて触れられた場所でもあるので特別胸がざわめく。

シャワーのぬるい湯を浴びながら、洗うという名目で身体を密着させていると少しも昂揚はおさまらない。自分でも呆れるほど容易くその気になる。

両手で前髪を掻き上げるその仕種は、まるで海にいるときの冬海を思い出させ、額まであらわになった冬海の綺麗な面差しに見惚《みと》れる。

海にいるときの冬海は輝いていて、洸の目には眩《まぶ》しかった。けれど、結局場所などどこでも関係ないと知った。

昔もいまも、洸には冬海だけなのだから。

「そんなに熱い目で見つめられたら、ベッドが遠くなるよ？」

冬海は洸の視線に気づいていて、指で頬を撫でられる。

冬海のその指に、洸は口づけた。

「冬海さんは――厭？」

問うと当時に、洸から行為を再開する。冬海の肩口に口づけながら端整な顔を両手で包むと、胸から腹へとその手を滑らせる。性器を包み込んだ。

「厭だと思う？」

冬海が、そこへ目を落とした。視線の先は、洸の手の中だ。見る間に硬くなった冬海自身に洸は安堵し、キスをしようと背伸びをしたが、触れる寸前でいったん止められた。

「言っておくけど、ベッドでなにもしないわけじゃないからね」

もとよりそのつもりだった。

それ以上に早くキスがしたかった。

「俺は、何度でもしたい」

本音を伝え、冬海の首に両手を回す。

冬海は唇の端を上げると、洸の乳首を抓《つね》ってきた。

「――あ」

「その言葉、忘れちゃ駄目だよ」

口づけからまた始める。

すぐに夢中になり、冬海に溺れていった。

6

目を覚ました洸の視界に真っ先に入ってきたのは、冬海の綺麗な寝顔だった。冬海の寝姿を見るのは初めてだ。

洸は、気恥ずかしさとともに充足感を味わっていた。

やわらかなカーブを描く眉、長い睫毛《まつげ》、二重の切れ長の目、まっすぐな鼻梁《びりょう》。やや口角の上がった唇。どれをとっても申し分のない形で、改めて間近にするとつくづく綺麗だと思う。女性客が騒ぐのも無理はない。洸には不愉快な事実だが、冬海の外見や雰囲気は誰しもの目を惹《ひ》くのだ。

半ば無意識のうちに、そっと指先を伸ばしていた。

が、頰に触れる前に手首を捉えられる。

「手じゃなくて、キスで起こしてくれなきゃ」

「……あ」

いつから起きていたのだろう。見惚れていた洸を、冬海は知っていたようだ。

「意地が悪い」

照れくささから洸が鼻に皺《しわ》を寄せると、そこに冬海は口づけてきた。

「意地が悪い？　僕は洸の思うがままなのに？」

鼻のみではなく、額や瞼に冬海の唇は押し当てられる。薄く口を開けると、なにも言わずともキスしてくれた。

「洸――」

冬海の舌が口中を優しく撫でていく。洸も追いかけ、搦め、吸い合う。

洸は冬海の肩にしがみついた。

ふ、と冬海が吐息をこぼす。

「駄目だな。このままじゃベッドから出られなくなる」

冬海の言うとおりだ。キスしただけで洸の思考も視界もとろりとぼやけている。あと少し続けたら、冬海から身体を離せなくなってしまう。

潤んだ目で冬海を見上げたとき、どん、とドアの外で音がした。

「うわ〜、やば。もうちょっとでコーヒーこぼすところだった」

朋春の声だ。棒読みのそれは、朋春がわざと声を張り上げている証拠だった。

「今朝は朝ご飯がなかったから、学校で腹が鳴るかも」

わざとらしい言葉のあとに、こほんという咳払《せきばら》いが続く。

「それにしても、冬海はどうした。今朝はやけに遅いな。そろそろ店の準備をしなきゃいけない時間じゃないのか」

この芝居がかった台詞は——愁時だ。

「冬兄でも寝坊することあるんだ」

これは、朋春。

「仕方がないから、あと十分待ったら起こしてやるか」

と、ふたたび愁時。

甘い気持ちなど瞬時に吹き飛んだ。動揺のため心臓がばくばく鳴り始める。ふたりがなんのためにこんな小芝居に出たのか、洸にも重々わかっていた。

冬海の部屋に入るに入れないためだ。取りも直さずそれは、洸が一緒にいるとふたりがわかっているということを意味する。

朋春はまだしも……愁時にも。

赤面した洸の前で、冬海はため息をこぼした。

「まったく。なにやってるんだか。お昼まで家に帰ってこないくらいの気遣い、あのふたりにはできないのかな」

不満をこぼし、身を離す。ベッドからも起き上がると、素肌にシャツを羽織った。身支度をしていく冬海を、洸は、恥ずかしさといまだふわふわとした心地の中で眺めた。

「駄目だよ」

シャツの釦を留めていた冬海の長い指が、洸の髪に差し入れられた。

「そんな目で見て、僕にどうしろっていうの？　もし洸がベッドに戻ってほしいって言うのなら、喜んでそうするけど？」

「……ち、ちがう」

そんなつもりはなかったので、慌てて否定する。いや、無意識のうちに物欲しげな顔になっていたとしても不思議ではない。

冬海を前にすれば、常に意識は冬海に向くのだ。

「ちがうの？　残念」

冬海はそう言うと、身を屈《かが》めて洸のこめかみにキスしてきた。

「下でご飯作って待ってるから、シャワー使ったあとゆっくり下りておいで」

「………」

甘い仕種と言葉がこれほど似合うひとはいない。昨日から洸はずっと夢心地だ。

頬の熱さを意識しながら洸は頷いた。

「あ……でも、夕方には向こうに帰るから」

冬海と話がしたくて一日遅らせた。本音を言えば冬海の傍にいたいが、学生である以上しようがない。

洸の言葉に、冬海の動きが止まった。

「帰る？　今日？」

真顔で問われ、躊躇いつつも肯定した。

直後、冬海の眉間に縦皺が出現する。

戸惑う洸に、

「厭だ」

冬海はきっぱりと言い切ったかと思うと、いたって真面目な顔で洸を正面から上目で覗き込んできた。

「帰したくない。洸は、僕と離れて平気なの？」

「……冬兄」

まるで子どもの駄々のような言い分に驚く。まさか冬海からこんな一言が聞けるなんて、想像もしていなかった。

——可愛い。

冬海を初めてそんなふうに思い、嬉しさで頬が緩む。正直になれば、洸にしても冬海以上に離れるのは厭だ。が、それが無理だとわかっているので、傍にいたいという言葉をぐっと呑み込む。

「俺」

ベッドから上半身を起こし、冬海を見上げた。

「地元に戻ってサーフショップを経営するのが夢なんだ」

洸にとって、リアルな将来の展望だった。一時期、大学には行かず、近所にあるレンタルショップ安倉《やすくら》で修業させてもらおうかと考えていたくらいだった。

最終的に大学へ進んだのは、事業を興すなら経済を勉強することは邪魔にはならないだろうという判断からだったのだが。

「エスターテがあったから。子どもの頃から冬兄を見てきて、憧れたんだ。だから、冬兄が頑張って大学に行けって言ってくれなかったら、俺、ずっとここにいることになる」

偽りない本音を語る。「冬海のコピー」である洸が残るも残らないも、すべて冬海次第なのだ。

黙って冬海の返答を待つ。

「洸は格好いいね」

だが、返ってきたのは予想だにしない一言だった。

「え。なにが？」

苦笑する冬海に、慌てて否定する。洸など、冬海にどうやったら好かれるのかと、考えているのはそればかりだ。いつも格好よくて綺麗な冬海にどうすれば少しでも追いつけるか、肩を並べられるのか、と。

「格好いいよ。昨夜、店に駆け込んできてくれたときも思ったし、いまもそうだ」

「……冬兄」

なにより嬉しい言葉だ。大好きな冬海に格好いいと言われて、有頂天にならないほうが嘘だった。

頬を染めた洸に、冬海が身を屈めて口づけてくる。

「子どもの頃みたいに僕の背中だけ追いかけてきたらよかったのに」

洸の髪に触れると、綺麗な笑みを浮かべた。

「朝ご飯を食べる時間くらいあるだろ？　待ってるよ」

部屋を出ていく冬海を見送った洸は、ほっと肩の力を抜く。たったいま冬海に言われた言葉を頭の中で反芻《はんすう》してみる。

格好いい、と言ってくれた。冬海が本気でそう思ってくれたのだとすれば、もっと欲が出る。

もっと格好いいと思われたい。

それが、洸の励みになるのだ。そのうえで改めて冬海を追いかけていけたらと、洸は考えていた。

頬を緩め、浮かれた気持ちを抑えてこっそりシャワーを使う。髪を乾かし、衣服を整えるその間に気合いを入れた。愁時と朋春に会っても平然とできるだけの心構えが必要だ。

しばらく頭の中でシミュレーションしてから、洸は足を踏み出した。

バスルームから直接階段に向かう。中程まで下りたところで、愁時の声が聞こえてきたのでいったん足を止めた。

「おまえ、大丈夫なんだろうな」

剣呑《けんのん》な雰囲気だ。というより、あきらかに不機嫌そうに聞こえる。理由は――思案するまでもない。

「大丈夫ってなにが？」

反して、冬海はいつもと同じやわらかな口調で応じる。

「なにがって……あれだ。前にも言ったかもしれないが、ご近所でごたごたはごめんだからな」

愁時の口調は渋く、苦虫を嚙み潰《つぶ》したかのようなその表情まで思い描ける。

「ごたごたって、これまで僕がご近所と揉《も》め事を起こしたことがあった？」

冬海の返答に、ないと洸は心中で同意する。素行のみを見れば確かに誉められたものではないが、それ以外での冬海は完璧だし、いまはその素行に関しても本人が改めている。

「――だから、俺は今後の話をしているんだ」

「相変わらず愁兄は心配性だな。あんまりマイナス思考だといまに禿《は》げるよ」

ふたりのやり取りに吹き出したのは、朋春だろう。という洸の予測は当たり、

「笑い事じゃない」

すぐさま愁時に窘《たしな》められている。

「わかってるって。ていうか、これについて俺、愁兄に同情的だから」

朋春が呆れぎみに言った。

「だって、やっぱり気まずいじゃん。家でいろいろあるとさあ。冬兄さ、近場にホテルとかあるんだから、そっちですませてくれね？」

昨夜のことだ。

朋春の言い分はもっともで、改めて羞恥心と申し訳なさがこみ上げ、顔が熱くなる。このまま回れ右をして、冬海の部屋へ避難したくなった。

「朋春」

冬海の声音は最初からまるで変わらない。

「ひとのことより学校ではうまくいってるの？　この前、電話で誰かと揉めてたね。敬語だったところを見ると、相手は友だちではなさそうだ」

「……う」

痛いところを突かれたのか、朋春が絶句する。

「誰とだ？」

愁時が即座に食いついた。なんやかや言っても末弟に甘い愁時にしてみれば、相手がわからないだけこちらが気になるのだろう。

「まあ、いいじゃない、愁兄。誰にでも突っ込まれたくないところはあるから。朋春もそれだけ大人になったってことだよ」

冬海のほうが上手《うわて》だ。責められている立場だったはずが、いつの間にか場を宥《なだ》める役目へと変わっている。

洸は深呼吸をすると、わざと足音を立てて残り半分の段数を下りた。

「――おはよう」

三人の目が一斉に洸に注がれる。洸を見た愁時は一瞬頬を引き攣らせたが、すぐに普段の顔に戻った。

朋春は照れくさそうに唇を尖らせ――冬海は、蕩けんばかりの笑みをその端整な面差しに浮かべた。

「おはよう、洸。ここに座って」

冬海が示したのは、カウンター席の端っこだ。その隣は冬海のために空いていて、朋春、愁時と並んでいる。

洸はそこに腰かけると、居心地が悪そうにそわそわしている朋春に話しかけた。

「この先、冬になったらどうする？」

真冬の海は初心者にはきつい。ウエットスーツで完全防備していても身体の芯まで凍《こご》える。練習をするかしないかという意味で問うたのだが、朋春は別の意味に受け取ったらしい。

「あー……」

思案したあと、いや、と答えた。

「お手本があると燃えるから、洸が平気ならつき合って」

朋春らしい申し出に苦笑し、快諾する。朋春の頭には、中断するという選択はないのだ。それに、手本があればという気持ちは洸にも理解できた。洸自身、冬海を見て練習を重ねてきた身だ。

「てかさあ」

朋春が半眼を流してくる。その恨めしげな視線に、どうしたのかと思えば。

「やっぱ、よく知ってるだけに洸の顔まともに見れないわ」

言葉どおり、朋春はばつの悪い顔をして洸から視線を外した。

「俺、大変だったんだよな。新しくできたサーファー友だちはどうやらなくすはめになりそうだし。まあ、こっちは途中からなんとなく変だなって思ってたからいいんだけど、昨夜のアレはないって。外で愁兄をずっと待ったあげく説得して連れ出さなきゃならなかったし、洸のお袋さんには洸は今日うちに泊まりますからって電話かけたし——おまけに、一晩じゅう愁兄の小言を聞かされるはめになったんだよな。冬海はなにをやっているんだとか、間違いがあったら近所に顔向けできないとか。俺に言われても困るってのl」

どうよ、と水を向けられ、背中に汗が滲む。朋春としては、洸を前にしてどうしても言わずにいられない心境になったのだろうが、すでにその話は終わったのだとばかり思っていたので、十分不意打ちだった。

穴があったら入りたい心境に駆られながら、懸命にその場に留《とど》まる。これくらいで逃げ出していたら、先々やっていけない。

「それは悪かったね。愁兄の小言は長いから大変だったろ？」

テーブルに朝食を並べながら、冬海が助け船を出してくれる。

今朝は和食だ。みそ汁と卵焼き、焼き鮭と青菜のお浸し。基本的に和食を好むらしい愁時が在宅の際は、自ずと和食が増えると聞いている。

「大変だっただと？」

その愁時がこめかみをぴくぴくと痙攣させ、眉間《みけん》に深い縦皺を刻んだ。

「そもそもおまえが悪い。おまえが洸に手を出——」

言葉を切った愁時が、ちっと舌打ちをした。渋面になる愁時に反して、冬海はそらぞらしいほどにこやかな笑みを見せる。

「僕が洸になに？」

冬海は、愁時が朋春や洸の前で滅多なことを言わないと承知で聞いているのだ。それが証拠に、ますます渋い顔になる愁時に反して、冬海はどこか愉しげにも見える。

「ああ、そっか。洸と朋春の前だから遠慮しているんだ？　やっぱり、多聞《たもん》くんが言っていたことは本当だったたね」

多聞というのは、エスターテの取材でやってきたミニコミ誌の記者だ。愁時とは特別な関係だと、洸は朋春から教えられた。取材が終わったあとも芦屋家に出入りしていたが、最近はあまり来ないという。どうやら愁時が、年頃の弟を慮《おもんぱか》って自粛しているらしい、と。

——無駄だっての。というか、愁兄はいったい俺をいくつだと思ってるんだよ。愁兄が自粛しようがすまいが、この件に関して俺は自分の思ったようにやるのに。

朋春の言葉を聞いたとき、洸は愁時が気の毒になった。

「多聞、愁兄のことなんて言ってた?」

朋春が興味津々で問う。

愁時自身も見当がつかないのか、視線で冬海を促した。

「ロマンチストだって」

が、これは予想外だったのだろう。めずらしく愁時は動揺して、口に放り込んだ白米を喉に詰まらせ咳き込んだ。

冬海は平然と先を続ける。

「彼はさすが愁兄をよくわかっているよね。家族に対してですらロマンチストだって言ってたから。確かに愁兄は、理想の家族像みたいなものを持ってるよね」

愁時をロマンチストだなんて言う人間は、きっと彼ひとりだ。それだけに、案外当たっているのではないかと洸も思えてくる。

「やっぱ多聞、おもしれえ。外さねえな」

朋春が、感心して肩をすくめた。

当の愁時は顔をしかめたかと思うと、いきなりスツールから腰を上げ、トレイに朝食をのせてテーブル席へと移ってしまう。

仏頂面《ぶっちょうづら》のまま黙々と食事をし始めた。

朋春がそれに倣う。

「愁兄、しょうゆ使う?」

末っ子らしい気遣いで、自分の分を手にテーブルに移動していった。

もとはといえば洸のせいだ。愁時は、いろいろな意味で洸を案じているのだろう。が、冬海はどこ吹く風で、洸の隣に座った。

「冷めないうちに食べよう」

「あ……うん」

いいの? と冬海に上目で問う。

いいよ、と冬海は箸《はし》を手にした。

「自分を守るために、使えるものは使わなきゃ」

片目を瞑《つぶ》るその表情にまで見惚れる洸に、なにが言えるというのか。愁時には悪いが、洸も、自分を守るためには仕方がないと納得する。

「こんな僕は厭？」

答えの決まった質問をされ、洸は首を左右に振った。

「俺だって同じ」

冬海と自分を守るためなら、親でも友人でも平気でごまかす。必要となれば嘘も厭《いと》わないだろう。秘密にしなければならない関係だというなら、一生口を噤み続ける。その覚悟はできている。

洸は、なにがなんでも冬海とのことを守っていきたいのだ。その気持ちにわずかの揺らぎもなかった。

「洸は、そう言うと思ってたよ」

冬海が満足げに唇の端を上げる。

そのとき、朋春が唸《うな》り声のようなため息をこぼした。

「俺さ、最近なんか、洸が冬兄に似てきてるような気がしてやなんですけど」

思いも寄らぬ指摘だ。愁時も無言で同意したので、朋春ひとりの勘違いではないようだ。

洸にしてみれば冬海に似てきているというのはむしろ喜ぶべきで、肝心の冬海の反応を知りたくて、隣に座る冬海を窺った。

冬海は、一点を凝視して固まっている。その横顔は、いまの言葉を歓迎しているようには見えなかった。

「冬兄?」

そんなに不満なのかと恐る恐る声をかけると、ようやく冬海の目は洸へ向いたが、悲しげに揺れた。

「洸。駄目だよ。洸は洸じゃなきゃ」

そう言うと、冬海は洸の手を取る。まっすぐ見つめられ、鼻先が触れ合わんばかりに顔を近づけられ、洸は予想外の展開に硬直した。

「ねえ、わかってる? 洸にはずっと僕を見ててほしいけど、真似なんてすることないから。僕みたいになっちゃったら、僕が寂しいだろ?」

掻き口説かれて首を縦に振るには振ったが、本音はそれどころではなかった。

綺麗な顔で迫られて、どきどきしてくる。冬海が喋《しゃべ》るたびに唇に吐息が触れるので、呼吸をするのもままならない。

「ふ……ゆ兄」

顔の熱さを感じて睫毛を震わせた洸に、冬海が口許を綻ばせた。

「ああ、僕、洸の困っている顔、好きだな」

いったい冬海はどうしたのだろう。

「………」

いや、問題は洸自身だ。冬海にこんな台詞を言われてどう反応すればいいのか。冷静さを失い、戸惑う。冬海に似てきたなんてとんでもない。それどころか洸は、冬海に翻弄されるばかりだ。

「困って、助けを求めて僕を見る洸、すごくいい」

冬海との近さを意識し、触れ合っている手のひらにびっしょりと汗を掻く。鼓動は、周囲に聞こえているのではないかと思うほど大きく速くなっていた。

「そんな顔して――もう、どうしようかな」

「ふ、冬兄……っ」

勘弁して。心中でそう訴えながら、洸はテーブル席を指差した。ふたりきりならまだしも、すぐそこには愁時と朋春がいるのだ。

「冬海」

愁時が割り込んできた。我慢に我慢を重ねてきたであろう愁時の声は、地を這うかのごとく低かった。

「おまえ、いいかげんにしろよ」

「ほんと。いいかげんにして」

すぐさま朋春が続く。

今回に限っては、洸も心中でふたりに同調した。

だが、冬海はふたりの存在を忘れていたわけではなかったらしい。洸の手をとったまま、肩越しに背後を振り返った。

「ご飯食べ終わったら、消えてくれる？」

少しも悪びれず——どころか当然と言わんばかりにそう主張して、ふたたび洸に向き直った。

「冬兄……ちょっ……」

愉しげにも見える表情に、いよいよ追いつめられる。知らず識《し》らず顔を伏せていたのか、冬海は人差し指で洸の顎をくいと上げた。

見つめ合って、手のひらどころか身体じゅうから汗が噴き出す。唯一の救いは、愁時と朋春が渋々二階に上がってくれたことだ。ふたりにしても、これ以上つき合いきれないという気持ちだったのだろう。

「罰だよ」

意外な言葉を口にした冬海が、唇を尖らせた。それのみならず、洸の肩に額をくっつけて不満を並べだす。

「僕に似てるって朋春に言われて、喜んだだろう？　朋春は、自分が一番洸のことわかってるって、昔からそう思っているんだよね。洸もそう。僕には見せない姿を朋春には見せるし、なんでも相談する」

「……冬兄」

拗《す》ねているのだ。

微かに尖った冬海の声を聞いて、洸の鼓動は、おさまるどころかいっそう速いリズムを刻み始める。

「僕の洸なのに」

これが駄目押しになり、洸は冬海の背中に両手を回した。

「……ごめんなさい」

冬海さん、と名前を口にして、冬海の髪に口づける。冬海が望むならなんでもしてあげたい。なんでもできる。心からそう思いながら。

「反省してる？」

肩口でそう聞かれ、してると即答した。

「本当に？」

念を押されて迷わず頷くと、ようやく肩から冬海が顔を上げた。

「なら、キスしてくれたら許してあげる」

期待を込めた上目でそそのかされて、どうして逆らえるだろう。目を閉じて待つ冬海に、洸はやや緊張しながらそっと口づけた。

冬海の面差しに笑みが戻る。ほっとして唇を離そうとしたが、冬海に阻まれた。

「じゃあ、僕からのお返し」

甘い言葉とともに、冬海がキスしてくる。朝からするには濃厚すぎるキスに躊躇したものの、抗うすべはなかった。

なぜなら、いつでもどんなときでも洸の世界は冬海で回っている。冬海の笑顔こそ、洸にとってなにより大事な、守りたいものなのだ。

エゴイストの思惑

コーヒーカップに口をつける。渇いた喉《のど》を滑っていく熱い液体に、洸《こう》はひとつ息をついた。四連休を五連休にして、冬海《ふゆみ》とエスターテで別れて——一週間。早くも恋しくなっているのは、洸にしてみれば当然の心情だった。

電話やメールのやり取りは、ほぼ毎日している。最初は、冬海の邪魔になったらと考え遠慮していた洸だが、

——用がなくてもかけてくれなきゃ。

冬海のその一言で、一日の報告をするという名目で二日に一度は電話をするようになった。そのうち一回は冬海からだ。

冬海は、まるで見えているみたいなタイミングで洸の携帯電話を鳴らす。いや、実際に冬海はなにもかもわかっているのだろう。

「友成《ともなり》、おまえ」

向かいに座る友人の声に、洸は自分がファミレスにいることを思い出し、カップに落としていた目を上げた。

「なにか悩みでもあるんじゃねえか」

意外に鋭い指摘は、作り笑顔で一蹴《いっしゅう》する。

「ねえよ」

悩み——ではない。単に、冬海に会えない寂しさが募っているだけだ。八年もの間ほとん

らなくなる。
ど無視されていたというのに、いまは顔を見られないというだけで寂しい。会いたくてたま
いっそ土日で帰省しようか。
「そっか。ならいいけど」
友人はなにか言いたげに頭を掻《か》く。どうしたのかと視線で促すと、どこか照れくさそうに
唇をへの字に歪《ゆが》めて切り出してきた。
「なんつーかさ、最近おまえ、雰囲気ちがうからさ」
「雰囲気ちがうって？」
平静を装って問い返したが、内心は穏やかではない。自分の変化は自分が誰よりわかって
いた。
夢心地。有頂天。そんな単語が真っ先に浮かぶ。
——僕も洸が好きだ。
——いつの間にか洸が大事な存在になっていた。輝《てる》の弟だっていうのを忘れるくらい、大
事なんだ。
あのときの告白をもう何度頭の中で反芻《はんすう》したことか。そのたびに洸は、同じだけのときめ
きと喜びを味わっている。
——僕がどれだけ洸を好きか、教えてあげたい。

その後の出来事を思い出せば、うなじに汗が滲《にじ》む。自分があまりに乱れたという自覚があるからだった。

次に会ったときに冬海に触れられたなら、洸はまた乱れてしまうだろう。焦がれてやまなかった相手と抱き合って、理性なんか保っていられるはずがない。

「だー、なんだっての、もう」

友人が舌打ちをする。その後、好奇心を隠そうともせず洸へと身を乗り出してきた。

「ぶっちゃけ聞くけど、おまえ、捨てただろ」

「……捨てた？」

意味を量りかね、友人を熟視する。

友人は苛立《いらだ》ちを隠そうともせず、洸の襟元を摑《つか》むと顔を近づけてきた。

「だから、童貞」

本人としては他の客を慮《おもんぱか》って声をひそめたつもりかもしれないが、洸の耳には十分すぎるほど明瞭《めいりょう》に響いた。

こんなところでなにを言い出すんだと小声で窘《たしな》めても、引き下がろうとはしない。

「白状しろって。そういうの俺、わかるんだよ。勘が鋭いんだ。この前、山村《やまむら》のときも気づいたもんね。妙に余裕があるっぽいっていうか、大人びてきたっていうか」

「――――」

洸は、そういう意味なら的外れだと首を左右に振った。

彼の言うことが本当ならば、勘がいいと驚くところだ。けれど、余裕なんて少しもないのは洸自身が知っている。

「意味わかんねえ」

襟元を摑んでいる友人の手を払う。

まだ納得できない様子の友人は、これでどうだとばかりに片頰《ほお》に揶揄《やゆ》を引っ掛けた。

「とか言っちゃって、誕生日はご近所さんと大人な店でお楽しみだったたっていうじゃねえか」

「……っ」

いままで比較的冷静でいられたが、この一言には心底驚く。いったい誰から耳にしたのか、まったく見当がつかない。

目を白黒させた洸に、したり顔で友人が種明かしをする。

「言おうか言うまいかずっと迷ってたんだよ。じつは俺、おまえが夏に実家帰ってるとき電話したんだ」

記憶を辿《たど》って思い出す。携帯電話に着信履歴が残っていたので、後日洸は折り返し電話をかけた。そのときは確か、暇だったからかけてみたという、じつにらしい返事だったように憶《おぼ》えている。

「あのとき、イベントのタダ券もらったから行かないかって誘うつもりだったんだけど、携帯にしても出ないから家にかけてみた」

「…………」

そういうことか、とようやく合点がいった。

母だ。母はなにも知らないからしようがないが、よけいな真似をと責めたくなる。

「で、どうだった？」

「……どうって、なにが」

「またまた。ソープとか連れてってもらったんじゃねえの？」

友人の目は、期待できらきら輝いている。返答を濁そうものなら、根掘り葉掘り追及されそうだ。

「そんなの、行くわけないだろ。バーとか、そういう意味での大人の店だよ。おまえはすぐエロ関係想像するから」

「あ、なんだ。マジで？　じゃあおまえ、まだ未経験？」

「…………」

洸は頭を抱えた。

大人の店と聞き、すぐに風俗店を思い浮かべる友人に呆《あき》れる。それ以前に、ファミレスでよくもこんな話題を口にできるものだ。

「ノーコメント」

そもそも洸が未経験と信じ込んでいるところが癪《しゃく》だ。

「なんだよ、それ。隠さなくてもいいだろ？　俺は、もしおまえが経験したっていうなら、飯でも奢《おご》ってやろうと――」

「いらねえ」

素《そ》っ気《け》なく返し、洸は腰を上げた。

友人にポーカーフェイスで接するのは案外容易《たやす》い。なんと言っても長年の慣れがある。昨日今日、被《かぶ》った仮面ではない。

なにしろ冬海に無視され続けて傷ついても、素知らぬふりをして八年間エスターテに通ったのだ。

「帰るぞ。おまえ、バイトだろ」

不服そうな表情の友人を促し、テーブルを離れる。割り勘で会計をすませて、ファミレスの前で別れた。

「そのうち悪い遊びとか教えてもらったら、こっちにも情報回してくれよ」

別れ際の台詞《せりふ》がこれだったので、よほど興味があるのだろう。友人には悪いが、洸に話せることはない。現実に洸が冬海に連れていってもらったのは風俗店ではないし、経験に関して言えば、どんなに問われようとも口を噤《つぐ》み続けるつもりだ。

徒歩でアパートを目指しながら、洸は冬海を想う。

整った面差しにやわらかな笑みを浮かべて、冬海が「洸」と唇にのせる。長い指で洸の髪を梳《す》き、旋毛《つむじ》に口づける。

その姿を脳裏に思い描いただけでまた恋しくなり、ため息をこぼすと、陽の落ちかけた空を見上げた。

うっすらと赤く染まった空を目にすれば、思い出すのは冬海とふたりで出かけた日に海で見た空だ。

夕陽を浴びた冬海の横顔は、息を呑《の》むほど綺麗《きれい》だった。

「……馬鹿みてえ」

洸は首を左右に振り、歩く速度を上げた。

まだたったの一週間、と自分に言い聞かせる。これほど我慢がきかないようでは先が思いやられる。

部屋へ戻ったら集中して課題をしよう。ぼんやり冬海のことを考えてばかりいたら、そのうち音《ね》を上げてしまいそうだ。

残りの数百メートルは、走ってアパートに戻った。

「…………」

階段の下に人影に気づいたのは、数十メートル離れた位置からだった。外灯に浮かぶその人影が誰であるか、思案の必要はなかった。

それでも俄《にわ》かには信じられず、とうとう幻を見るようになってしまったかと、まずは自分の目と脳を疑ってかかる。

距離が縮まっても幻は消えない。幻ではないのか。

「——嘘《うそ》」

駆け寄り、間近で顔を合わせて初めて現実だと確信できた。

洸が驚くのも当然だろう、そこにいるはずのない、会いたくてたまらなかったひとが立っていたのだから。

「嘘じゃないよ？　我慢できずに来てしまった」

「…………」

冬海がほほ笑む。

別れてからの一週間、数え切れないほど脳裏に思い描いてきた笑みを目にして、なにを考えるよりも早く洸は両手で冬海に抱きついた。捕まえておかないと消えてしまうような気がして、焦っていたのだ。

「洸が喜んでくれて僕も嬉《うれ》しい」

冬海だ。冬海が会いにきてくれた。実感すれば、じわじわと喜びが湧《わ》き上がる。

冬海の体温と匂《にお》いを嗅《か》ぎ、鼻の奥がつんとした。

「僕も抱きしめたいところだけど、ここじゃまずいよね」

その言葉で我に返る。

確かにこんな場面を他の住人に目撃されたなら、あとからなにを言われるかわからない。感情のままに行動した自分が恥ずかしくなり、洸は慌てて冬海から身を離した。

「――来てくれると思ってなかったから」

コンクリートの外階段を上がりながら、落ち着くためにそう言う。今日が定休日なのは知っているが、明日は通常通り朝から店がある。

冬海は、そうだねと答えた。

「僕も思わなかった。でも、むしょうに顔が見たくなって電車に乗ってしまった。すぐに帰らなきゃいけないけど」

「…………」

冬海の言葉に、胸が熱くなる。洸だけではなく冬海も会いたいと思ってくれた――それが洸には嬉しかった。

「あ。もしかして、なにかあった?」

ふと、先日の一件が頭をよぎり、洸は足を止めた。洸に近づいてきた金森《かなもり》の目的は、結局冬海だった。

おそらく金森は冬海に惹《ひ》かれていたのだ。冬海と一夜を過ごせて天にも昇る心地だったにちがいない。

洸にはその気持ちがよくわかる。どきどきしながら再会の瞬間を待っていたのではと想像すれば、胸がちくりと痛む。

現実は、冬海の記憶の片隅にすら残っていなかった。

どんなに傷ついたか。せめて一度でも冬海に自分を見させたい。憶えさせたい。金森がそう願ったとしても誰が責められるだろう。

「なにもないよ」

冬海が小首を傾《かし》げた。

「言っただろ？　洸の顔が見たくなったって」

「あ……うん」

取り越し苦労だったかと苦笑する。

でも、今後も冬海を案じ続けるのは、洸にしてみればどうしようもないことだった。たとえ金森がもう姿を見せなくても、ちがう誰かが訪ねてくるかもしれない。冬海に好意を抱くひとが次から次に現れるように、悪感情を抱く者も少なからずいるのだ。

「それに、僕になにかあったら、洸が守ってくれるよね？」

冬海がそう聞いてきたので、躊躇《ためら》いながらも頷《うなず》く。守れるかどうかは別として、守りたいと思う気持ちは本当だった。

「なら、なにも心配ない」

冬海の、情を感じさせる笑みに洸は落ち着くどころか、ふわふわと浮ついた心地になる。足取りまでふわふわしながら、二階の一番奥まで進んだ。

鍵を開け、先に冬海を中へ通す。

「――冬兄《にい》が来るってわかってたら、掃除したのに」

言い訳とともにドアを閉める際になって、自分が落ち着かない一番の原因は鼓動だということに気づいた。

まるで全身が心臓になったようで、このままでは冬海に聞かれてしまいかねなかった。宥《なだ》めようとすればするほど、鼓動は勝手に暴走する。自分でコントロールするのは難しいところまで来ている。

「ちゃんと片づいてるよ。朋春《ともはる》の部屋とは大違いだ」

冬海は中へ入ると、洸の実家の自室と代わり映えのないワンルームの室内を見回した。

「あ……コーヒーでも……インスタントだけど」

直視できずに、洸は冬海に背中を向けて狭いキッチンに立つ。

やかんをガスコンロにかけ、マグカップを用意した。

「わ……」

コーヒーの瓶の蓋《ふた》を開けようとして、緊張のせいだろう、うっかり落とす。ごろごろと床を転がっていく瓶に慌てて手を伸ばしたが、先に拾ったのは冬海だった。

「急がなくていいから」

頬を緩め、冬海が瓶を差し出す。

「……あ、ごめん」

受け取ろうと手を出したとき、指先が触れ合った。思わず睫毛《まつげ》を瞬《しばた》かせると、ふっと、冬海の形のいい唇が綻《ほころ》んだ。

「どうしたの？　せっかく会ったのにまだ目を合わせてくれないね」

「…………」

緊張しすぎているのだ。会いたいと思っていたところへ冬海が来てくれて——嬉しいと思うと同時に、突如降って湧いたような幸運にどんな顔をしていいのかわからない。

「洸」

冬海の手が、洸の髪に触れた。

「本当はちゃんとキスしたいけど」

そう言って、洸の旋毛に軽く唇を押し当てる。

「……冬兄」

髪に触れられるのも旋毛にキスされるのも好きだ。でも、それだけでは物足りない。もっと冬海に触れたくなる。

唇にキスなんてしてしまえば、途中でやめられるかどうか——。

終電まであまり時間がないのは、洸にもわかっていた。

それに、ここは壁が薄い。いまも隣人のテレビの音と、時折、笑い声が壁を通して耳に届く。

壁一枚向こうの生活音を聞くと、自分がひどく不埒《ふらち》な人間になったような気がした。

「ああ、そうだ。駅で洸にお土産を買ってきたんだ」

冬海が洸から離れ、にこやかな顔で手に提げていた紙袋を差し出した。

「俺に？」

中を覗《のぞ》くと、落花生と、洸の好物である羊羹《ようかん》だった。

「……ありがとう」

旋毛に感じた冬海の吐息を引き摺《ず》りつつ、礼を言う。

「冬兄、これ」

洸は、紙袋に一緒に入っていた週刊誌を冬海に返した。冬海でもこんな俗っぽい週刊誌を読むのか、と内心で意外に思いながら。

「ああ、それ？」

いったん受け取った冬海は、ぱらぱらとページをめくると洸の手に戻してきた。

「暇潰しに買ったんだけど、ほとんど興味を惹かれなかった。洸、読んでみる？」

「俺は、こういうのはあんまり――」

週刊誌をあえて読もうとは思わない。そう答えようとした洸だが、ふと、ページの隅が折られていることに気づく。

冬海が折ったのだろう。いったいどんな記事なのか。好奇心に駆られ、洸はそのページを開いてみた。

「……わ」

直後、ぎょっとし、瞬時に視線を誌面から離した。

弾みで週刊誌が手から滑り落ちる。偶然か、それとも存外しっかり折られていたのか、あろうことかそのページが床の上で開かれた。

「…………」

いや、たまたま折れただけに決まっている。冬海があんなページをチェックするなんて、疑うほうが間違いだ。

洸にしても、本来こんなことくらいで狼狽《ろうばい》するほど初心《うぶ》ではないつもりだが――相手は冬海だ。

冬海に関して、洸は平静ではいられない。

「ああ、なんだ」

冬海が、床の週刊誌に目を落とした。頬を引き攣《つ》らせた洸の前で、身を屈《かが》めて躊躇《ちゅうちょ》もなくそれを拾い上げた。

折り目のついたページをわざわざ開いたかと思うと、洸にかざして見せる。

「探してたんだ。いいものがないかと思って」

「…………」

探していた？

耳を疑い、冬海を凝視する。

驚くのは当然だ。そこには、いわゆる大人の玩具《おもちゃ》が掲載されているのだから。

さっきはちらっと見えただけだが、目の前で開かれると厭《いや》でも隅から隅まで目がいってしまう。主に男性器の形をしたものが多く、他は楕円形のものや、筒状になったものなど……。中には使用方法がまったく想像つかないようなものもあって、冬海がどんなつもりでこれを洸に見せるのかまるで見当もつかなかった。

「洸はどういうのが好き？」

「え」

唐突な質問に、面食らう。よもやこんなことを聞かれるとは思ってもいなかった。

冬海を見返すと、だってね、と冬海は平然と続ける。

「洸は慣れてないから、最初はいつもつらいだろう？　すぐよくなれるように、こういうものを使うのもありだと思って」

「…………」

本気なのか、冗談なのか。冬海の言葉や表情では窺い知れない。

冗談であってほしいと思うが、冬海は普段同様の優しいまなざしを洸に投げかけてくる。

「これなんかどうかな」

一方で、ページの中にある商品を指差した。冬海の指が示した場所を恐る恐る見ると、そこには男性器を象《かたど》ったものがあった。

グロテスクな形にぞっとし、鳥肌が立つ。

「い……厭」

思い切りかぶりを振った。こんなものを使うなど考えられない。

「厭？　なら、こっちは」

別の商品を冬海は示した。

「……じゃなくて」

洸は強張《こわば》った顔で冬海に向き直った。

「全部、無理。厭だ」

曖昧《あいまい》な返事をして万が一冬海が買ってしまったら——それが怖くて懸命に訴える。その場になって優しく強要されてしまえば、拒絶し続ける自信が洸にはなかった。冬海の望みならなんでもしたい、いざとなれば自分がそう思うだろうことは目に見えている。

「そっか」

冬海は、しようがないねとこぼして週刊誌を閉じてテーブルに置いた。

その唇からため息がこぼされる。

「でもね、洸。もし僕が、待てないくらい洸を欲しくなったら？　毎回時間をかけて慣らしてあげられればいいんだけど、いまみたいに時間がないのにすごく欲しくなったときはどうしよう」

首を傾げて、冬海が困った顔をする。洸を見るその瞳はまるで蜜《みつ》でも湛《たた》えたかのように甘い。

「……そ、それは」

そんな冬海を前にして、身体《からだ》の中を疼痛《とうつう》が駆け抜けた。

「ねえ、洸。僕はどうすればいい？」

くらりと眩暈《めまい》まで感じれば、いつもそうなるように洸の思考は完全にストップする。

隣人のことは気になる。時間がないというのも。だが、冬海の存在がそれらを押し流し、冬海のことで頭がいっぱいになるのだ。

「どうする？　洸」

綺麗な指が洸の髪に触れてくる。頭皮を愛撫《あいぶ》するようにされて、我慢できずに洸は両手を伸ばし、冬海のシャツを握り締めた。

「自分でする……慣れるように、毎日自分で、する」

「自分で？」

冬海が目を見開いた。

「洸がするの？」

羞恥心《しゅうちしん》は計り知れない。それでも、洸の答えは決まっている。冬海の問いに頷くと、冬海が唇を左右に引いた。

「本当に自分でできる？」

髪に触れていた手が頬へと移った。優しく撫《な》でられながら念を押されて、今度は迷わず「する」と答えた。

「じゃあ、やってみせて」

「…………」

だが、予想だにしていなかった一言に、洸は息を呑んだ。「冬海と会えないときに」「自分で」「毎日」だと思っていたのだ。

「いま？」

上目で確認すると、冬海がもちろんだと顎《あご》を引く。

「練習だよ。ここでしてみよう」

どうしよう。その気持ちが行動に出てしまい、知らず識《し》らず後退《あとずさ》りする。

狭い部屋だ。逃げる場所などなく、すぐに背中が壁についた。

「行き止まり」

撤回するつもりはないのだろう、冬海はすぐ目の前に立つと、まるで宥めすかすように洸の喉元を指先でくすぐった。

「ほら、時間がないんだから、早くやってくれないと」

「で……でも」

わはは、と隣人の笑い声が聞こえてきた。賑《にぎ》やかな音で彼がバラエティ番組を観ているという予測もできる。

隣人はいまはまだテレビに釘付《くぎづ》けのようだが、終わればこちらの会話も筒抜けになるはずだ。そう思って洸は視線で訴えるが、

「大丈夫」

冬海の返答は変わらなかった。

「洸が声を出さなかったら、気づかれることなんてない」

「…………」

それはその通りだ。我慢すれば隣人に悟られずにすむ。

けれど、躊躇いは消えない。理由はひとつ。冬海がいるからだ。

「だって、洸が毎日どんなふうにするのか、僕も見ておきたいんだ。いいよね。僕のために

することなんだから」

洸を見下ろし、冬海がそう告げる。

「でも……恥ずかしいよ」

洸も正直に言えば、

「なに言ってるの」

意外な言葉を聞いたとでも言わんばかりに冬海の双眸《そうぼう》が細められた。

「その恥ずかしいことを、僕と洸はこれから何回もするんだろう？」

ちがうの？　と顔を覗き込まれて、返答に窮する。

「それは……」

確かにそうだ。これから何回もする。できることなら毎日でもしたいと思っている。

「いい？」

今度の問いかけに洸はとうとう承知した。

自分からベッドに腰かける。震える手を、ジーンズのボタンにかけた。外して、ジッパーを下ろすだけに厭になるほど時間がかかる。

いっそ冬海が脱がしてくれないかと思うのに、冬海は立ったまま黙って洸を見つめるばかりだ。

酸素が薄くなったような気がして、大きく胸をあえがせた。

覚悟を決め、腰を浮かせてジーンズを膝《ひざ》まで下ろすと、自分でも信じられなかったのだが洸の下着の前は少し膨らんでいた。

「……あ」

かあっと、身体じゅうが熱くなる。背中に汗が滲む。

唾《つば》を飲み込むと喉が変な音を立てて、それにも洸は震えた。

「どうしたの？」

恥ずかしさのあまり、手が動かなくなってしまう。ジーンズはなんとか下ろしたものの、これ以上は羞恥心が邪魔をしてどうにも進めない。

しかも冬海が見ている前で、指一本触れてもいないうちから洸の中心は見る間に勃《た》ち上がった。

「……冬兄」

どうにかしてほしくて、冬海に視線ですがる。

冬海は小さく肩をすくめると、洸の大腿《だいたい》に手を置いた。

「手伝ってほしいの？」

何度も頷く。

自分でとは言ったものの、できるならやめたい。冬海の前でみっともない姿をさらすことを思えば、いますぐこの場から逃げたくなる。

「いいよ。じゃあ、ちゃんと見てて」

冬海はそう釘を刺してから、洸に手を伸ばしてきた。洸の膝に絡まっているジーンズと下着を一度に足から抜く。

下半身があらわになった。

恥ずかしさは尋常ではない。

冬海は知ってか知らずか洸の膝を立てさせ、大きく脚を開かせる。いつの間にかその手にはローションがあった。

「それ……」

「洸に会うのに、僕が用意してこないと思った？」

冬海は当然のように言うが、その質問には答えられない。それどころではない、というのが正直な気持ちだった。

「手を出して、洸」

命じられるまま、震える手を差し出す。洸の手に自分の手を添えて、冬海はそこにローションをたっぷりと垂らした。

「これがないと困るよね」

自分の手のひらを見る。

とろりとした感触に、余計なことまで考える。

こんなもので濡《ぬ》らしたら……どうなる？　冬海にされたとき、自分はどうなった？

「洸。早く」

冬海が急《せ》かしてくる。

自分で言い出したことだし、冬海のためならなんでもしたいと本気で思ってはいても、あられもない姿を一番見てほしくないのも冬海なのだ。

これ以上どうにもできず、洸は手のひらから冬海へと視線を移した。

目が合う。冬海は普段どおりだ。

いつ見ても、綺麗で優しい。

いまは、それが少し憎らしかった。

「冬海さん」

今夜初めて、洸は呼び方を変えた。

「普段はちゃんと自分でやるから……冬海さんがいるときは、冬海さんが……して」

これも恥ずかしい台詞にはちがいない。よく口にできるものだと呆れる。薄《う》っすらと涙まで滲んできて、洸は唇を噛《か》んだ。

だが、もうこれは練習ではない。それが証拠に洸の胸は冬海への想いであふれ、抱き合いたくてたまらなくなる。

キスして、隙間《すきま》のないほど肌を合わせたい。

「──洸」

冬海が、吐息をこぼした。

「僕にしてほしいの」

「……うん」

「でも、慣らすだけじゃすまないかも」

「……わかってる」

「隣のひとは？」

テレビの音も笑い声もすでに洸の耳には届かない。洸に聞こえるのは冬海の声と、自分の心音だけだった。

答えながら、頭の中がぼんやりしてくる。冬海に早く触れてほしいと、それだけを強く願う。

「……声、我慢するから」

「したいの？　洸」

瞳を覗き込まれて、もう一度聞いてきた冬海に頷いたとき、迷いや躊躇はすべて消えていた。

ローションまみれの手のひらに冬海が手を重ねる。冬海の手と洸の手は、ローションで滴《したた》るほど濡れた。

「じゃあ、しよう」

冬海が片頬笑む。

洸は自分からうっとりと唇を開くと、無言で口づけをねだった。

焦《じ》らされることはない。冬海の舌先が、洸の唇をすくった。内側まで舐《な》めると、そのまま口中へと入ってきた。

吐息まで奪い合うようなキスに、すぐに息が上がる。冬海にされるキスは気持ちよくて、しがみついていないとどこかへ飛ばされてしまいそうな錯覚に陥る。

「ふ……ぅあ」

ローションに濡れた手が、洸の胸をまさぐってきた。咄嗟《とっさ》に声がこぼれ出て慌てて口を閉じたが、指先で乳首を抓《つま》まれては我慢するのが難しい。転がされ、引っ掻かれ、喉が何度も鳴った。

「う……んぅ、く」

身体の芯が熱く疼《うず》く。無意識のうちに膝を擂《す》り合わせてしまう。

冬海が、人差し指を洸の唇に触れさせた。

「駄目だろ、洸。洸がエッチなことしてるって隣のひとにバレてもいいの？」

「……うぅ」

声を抑えるのは、口で言うほど簡単ではなかった。そもそも冬海に触れられて、自分をコントロールできると思ったのが間違いだ。

「あぅ」

濡れた指に狭間《はざま》を撫でられて、洸は仰《の》け反《ぞ》った。宥めるように入り口をくすぐられ、指先で突かれると、なんとも言い難い感覚が背筋を這《は》い上がる。

「……ふっ」

懸命に歯を食いしばるが、それもいつまで保《も》つか。ずるりともぐりこんできた指を中で抽《ちゅう》挿《そう》されて、洸はぽろぽろと涙をこぼした。

「や……も」

「洸、気持ちいいの？」

冬海が洸の濡れた頬を舐める。

すんと鼻を鳴らして、何度も頷いた。

「感じてる洸は可愛い。もっと見せて」

「うぅ——」

洸には無情にも思える一言だ。

冬海ともっとしたい。が、声は殺さなければならない。どうすればいいのかわからず顔をしかめると、冬海は勘違いしたようだ。

「これ以上は無理？」

洸の中から指を抜く。喪失感に思わず上目を投げかけると、冬海がため息をこぼした。

「困ったな」

その目は下方へ注がれる。

「じゃあ、どうしようか、これ」

「…………」

冬海の目線を追いかけて、洸も同じところを見た。

「……あ」

冬海の中心が、パンツの上からでも明確にわかるほどに膨らんでいる。それを目にした途端、ただでさえ苦しいほどだった洸の心臓はさらに速いリズムを刻み始め、呼吸もままならなくなった。

洸の前で、冬海は前をくつろげた。硬く勃ち上がった自身を下着から摑み出すと、手のひらで包みゆっくり上下させ始めた。

「洸の中に挿《はい》りたくてたまらないのに」

言葉と視覚。さらには聴覚も刺激され、洸にこれ以上なにができるだろう。

まだ数度の行為だ。

まったく慣れないと思っていたが、どうやらちがったらしい。最初は翻弄されるばかりだったが、いまは冬海のものに反応して身体が冬海を欲するようになってしまった。

「……冬海さん」

洸は、一度大きく息をついた。

冬海の腕を引いて誘うと、自ら上半身をベッドに這わせる。シーツに顔を埋《うず》め、腰を浮かせた。

「なに。後ろからしていいの？」

声はきっと、シーツが隠してくれる。

以前、冬海を想いひとりで泣いたときに実証済みだ。

「後ろから……して」

シーツを握り締めてそう言うと、洸を呼ぶ冬海の声が熱っぽく上擦《うわず》った。

「ちょっとした意地悪のつもりだったのに——」

そう言うが早いか洸の腰を摑み、指で入り口を割ってきた。

「……っく」

冬海自身が押し当てられる。その熱さに洸は息を呑む。

「洸、早く挿りたい」

言葉とともに強引に開かされた。

「あ……あぅぅ」

これまでにはない冬海の性急さに、洸は小さく悲鳴を上げた。

「冬……海さ……」

「少しも待てない」

「あ、あ……っ」

冬海はいっぱいまで入り口を割り、抉《えぐ》り、先端を埋め込んでしまうと、そのまま一気に深い場所まで挿ってくる。

「……う、うぅ」

洸は両手でシーツを掻き寄せ、必死で口を塞《ふさ》ぐ。そうしないと、あられもない嬌声《きょうせい》を上げてしまいそうだった。

痛みも快感になる。冬海の熱に体内を焼かれ、身の内から悦《よろこ》びが湧き上がった。

「ううう……っく……ひぁ」

冬海が洸の腰を引き寄せる。

信じがたいほど深い場所で冬海を感じてしまえば、頭の隅に微《かす》かにあった隣人の存在が吹き飛んだ。

「洸――洸」

「あぁ……冬海さ……んっ」

冬海は奥を二、三度揺すると、洸をベッドから起こす。

背後から冬海に抱き締められる姿勢になり、洸はいっそう奥深くで冬海を感じた。

「あ、うぅんっ」

冬海が洸の顎を摑み、激しく口づけてくる。舌を搦《から》め、唾液《だえき》をすすり、洸も夢中になってキスをした。

「冬海さ……あ、やぁ」

胸をまさぐられて、腰が自然に揺れだす。触られてもいない性器から快感の証《あかし》が止め処《ど》なくあふれ出た。

「洸――」

冬海がいっそうきつく掻き抱いてきた。

「洸、好きだよ」

「……っ」

その不意打ちに、洸は声を出すこともできなかった。

きゅうと体内の冬海を締めつける。まるで絡みつくように冬海のものを包み込むのが洸自身にもわかった。

「すごく好きだ」

「ひ……っ」

耳許で囁く甘い声に、これまで味わったことのない絶頂に襲われ、洸はすすり泣く。

「ああ、駄目だよ。洸。そんなにしたら、中で出ちゃうだろう？」

終わりがない。頂点に押し上げられ、延々と彷徨《さまよ》わされて、気がおかしくなってしまいそうだった。

「あぅんっ」

これまで以上に奥深くを穿《うが》たれた。

冬海は呻《うめ》き、そこで達した。冬海の飛沫《しぶき》に焼かれ、その熱さと味わわされる愉悦に朦朧《もうろう》としてくる。

涙で視界も霞《かす》み、理性など欠片《かけら》もない。

「すごい……まだ欲しいの？」

冬海の問いかけにも、言葉の意味を理解する前に頷いていた。

「——ん。僕もまだ足りない」

そう言うと、冬海がいったん身を退《ひ》いた。ベッドに場所を移すと、洸の脚を限界まで開かせて正常位で繋《つな》がる。

ローションと冬海が吐き出したもののおかげで、二度目の挿入は驚くほどスムーズだった。

洸の腰を抱え上げると、冬海はずるりと奥まで挿ってくる。最初から激しく突き上げられ、繋がったところが立てる淫猥《いんわい》な音に、洸が感じたのは羞恥心ではなかった。

「あぁ……」

身をくねらせて、冬海を貪《むさぼ》る。快感しかない。冬海に奥を突かれるたびに洸は性器からだ

らだらとこぼし、自分の腹を汚した。

「すごい……洸の中が蕩《とろ》けてて、僕のものも……ああ、蕩けそうだ」

本当だと心中で同意する。冬海と溶け合って、ふたりの境目があやふやになった。

「冬……あぁ……っ」

「洸……もっと?」

「う……んっ、あぅ」

キスがしたくて両手を伸ばす。

言葉にしなくとも洸の気持ちは冬海に伝わり、身を屈めてキスしてくれた。

「洸はキスが好きだね」

冬海のキスだからだ。冬海のキスは甘くて、脳天まで痺《しび》れさせる。

「僕も洸とキスするの好きだよ。すごく……気持ちいい」

「あ、あ……ぅうん」

隙間のないほどきつく抱き合い、口づけをかわす。もう何度達したのか、洸自身判然としない。

ただ気持ちよくて、洸は冬海に溺《おぼ》れた。

「洸——」

冬海が二度目の絶頂を放つ。

その恍惚《こうこつ》とした表情に、洸も引き摺《ず》られる。

動きを止め、洸のうなじに鼻先を埋めた冬海は抜こうとはしない。しばらくの間、洸の首筋や耳朶《みみたぶ》に唇を押し当てていたが、そのうちまた硬くなる。

「……冬海さん」

洸にしても同じだ。過剰なほどの快楽を与えられて指一本動かせないほどだというのに、身体を離すつもりは微塵《みじん》もなかった。

「自分でも呆れる。こういうのは、初めてだから」

苦笑とともに口にされた言葉は、洸に新たな欲望をもたらした。

「洸を前にすると、洸の中に挿りたいって、そればかり考えるんだ。ずっと抱いていたいって」

胸が甘く疼き、身体の奥が蕩ける。

「いっぱ……い抱いて」

洸の返答は決まっていた。掠《かす》れる声でそう告げ、いまは意識的に冬海を締めつけた。

小さく声を上げた冬海は、その後熱情を湛えたまなざしで洸を見下ろし、そっと額に唇を押し当ててきた。

「いいの？　洸の全部、僕にくれる？」

いまさらだ。洸はずっと冬海だけのものだった。子どもの頃から冬海だけを追いかけてきたのだ。

頷いた洸に、冬海がほほ笑んだ。

「なら、僕の全部洸にあげるよ」

その、ひどく照れくさそうな顔に、洸は胸をときめかせる。こみ上げる愛《いと》おしさに任せ、好きと唇にのせた。

もう一度キスから始める。

新たな雫《しずく》が頬を濡らした。

嬉しくても泣きたくなるのだと、洸が冬海から教えられたことだった。


「え」

予想外の言葉を聞いて、ベッドで洸は目を見開く。

「だから、隣の子はいないよ」

何度も抱き合い、互いの身体で果てた。一週間分というのがどれほどのものなのか洸は知らないが、それでも、明日には冬海が恋しくなるだろうことは間違いない。

「いないって」

「うん。洸と僕が話しているときかな。わりと早いうちに出ていったよ。玄関のドアの音、気づかなかった？」

少しも気づかなかった。

それだけ洸の意識は冬海に囚《とら》われているのだろう。

「だったら、声――」

声を洩《も》らさないよう必死で我慢していたのは無意味だったらしい。我慢なんてする必要はなかったのだ。

冬海も、隣のひとにバレてもいいのかと言っていたというのに。

「あ、それより終電」

もとよりとっくに時間は過ぎている。青くなって飛び起きようとした洸を、当の冬海が落ち着き払って制した。

「嘘なんだ」

「嘘？」

「うん。ちゃんと臨時のお休みにしてきた。洸の顔見てとんぼ返りなんて、自信なかったし」

「――――」

ごめんと謝られても、びっくりするあまり返事もできない。では、数時間前のやり取りはなんだったというのだろう。

「お仕置き、かな」

さらりと口にされたその言葉に、洸は啞然《あぜん》とする。

「お仕置き……？」

「そう。お仕置き。あれ？　洸、お仕置き知らないの？」

お仕置きという単語はもちろん知っている。洸が不思議に思うのは、なぜその単語がいま冬海の口から出てくるのか、そちらのほうだった。

なにしろ会ってすらいなかったのだ。

「俺、冬海さんに、なにかした？」

首を傾げながら問う。

冬海は、洸から視線を外した。

「したじゃないか」

「……え」

なにをしでかしてしまったのだろうかと懸命に考える。が、いくら記憶を辿っても、皆目見当がつかない。

恐る恐る窺うと、冬海が口許を歪めた。

「妬《や》いたんだ。洸が、あまりに仲良くしていたから」

「――」

それでもまだぴんとこない。いったい冬海はなにを言っているのだろう。

「妬いたって……誰が、誰に？」

本気で問うた洸に、冬海は意外な相手を持ち出した。

「僕が、洸の友だちに」

冬海が、友だちに――？

「友だちって……え、でも……なんで？」

確かに洸は、冬海に会う直前まで友人とファミレスにいた。が、それがいまの話とどう繋がるのか、やはり理解できない。

目を丸くする洸に、冬海は肩をひょいとすくめた。

「すごく愉《たの》しそうだった。彼、ずっと洸のほうに身を乗り出してたね。髪を撫でたし、シャツにも触った」

「……………」

そうだったろうか。

思い出そうと試みる。

言われてみれば周りに聞こえてはまずい会話だったので、互いに身を乗り出していたかもしれない。シャツの胸元は引っ張られたような気がする。髪に関してはまったく記憶になかった。

なにより、冬海に見られていたなんて――。

「僕以外に触らせたら、駄目だろう？」

冬海が、洸の前髪を掻き上げる。

「……うん。ごめん」

その優しい手にうっとりとしつつ、謝罪した。

「シャツにも触らせちゃ駄目だよ。わかった？」

「わかった」

洸の返答に満足げに双眸を細めると、冬海が声を弾ませる。

「少し眠ったらいい。起きたらご飯作ってあげるから。ご飯とパン、どっちがいい？　そのあと一緒に買い物に行く？」

実際、はしゃいで見えるほどその表情は輝いていた。

冬海は元来几帳面《きちょうめん》な性格だ。が、面倒見がいいという印象はなかった。世話好きなのは愁時で、どちらかといえば離れた場所から傍観するタイプだ。

その冬海が、他人の――洸の世話を焼く。一から十まで手間を惜しまず、しかもそれを愉しんでいるように見える。

もしかして洸だけに？

そういえば冬海は言っていたではないか。

――もし好きになったら、自分でもどうなるかわからないよ？　なにしろ、ひとを好きになるのなんて初めてだから。

思い出せば、頬が緩んだ。

洸に好きだと告げてくれた。ということは、冬海にとってこれが初恋になるのか。

その事実に気づいたとき、雷にでも打たれたかのような衝撃を受けた。とろりと甘い雷の威力は十分大きく、洸の心臓を焦がし、掻き乱した。

「どうしたの？　そんな顔して」

黙り込んでしまった洸をいぶかしみ、冬海が上半身をベッドから起こす。

「変なこと言ったかな」

「変、じゃない」

それどころか、悦びで指先まで震えてくる。嬉しいと、叫びだしたい気分だ。

「なら、いいけど」

そう言って、照れくさそうにこめかみを掻いた。

「こういうのは初めてだから、洸に聞きながらじゃないと、僕もわからないんだよ」

ほほ笑む冬海の顔には、あらゆる感情が浮かんでいる。喜色や期待、戸惑いや躊躇も。それらを合わせて面映《おもは》ゆげに笑う冬海に洸は釘付けになる。

「でも、すごくいい気分だ。この気分を味わえる人間がどれくらいいるだろうか。それを考えれば、僕は幸運な男だと思うよ。なぜだかわかる？」

冬海の瞳には熱情がはっきりと映し出されている。これまで洸が見たことのない、知らない冬海だ。

「僕がいま夢中になってること」

そう前置きした冬海は、身を屈めて洸の耳許に唇を寄せた。

「――だよ」

そのあとの台詞は、まるで夢のようだった。

すぐにまた離れていった冬海に本当は洸もなにか返したかったが、うまくいかなかった。胸がいっぱいになって言葉がうまく紡げなかったのだ。

「ねえ、洸」

洸を抱き寄せた冬海が、ふと、吐息をこぼした。

「輝の命日に、ふたりで一緒にお墓参りしようか」

「…………」

輝の命日は、十日後だ。その日は平日であろうと毎年帰省して墓参するが、洸は文字通りとんぼ返りしていた。

この時期、冬海は自責の念を強くする。冷めた顔で、自分でもそうと気づかないうちに苦しむのだ。想像すればとても居座る気になどなれなかった。

毎年その日を境にして、いっそう冬海が心を閉ざしていくような感覚を洸は抱いていた。事実、エスターテに顔を出す洸を無視する、その行為は頑《かたく》なさを増していった。

「輝は怒るかもしれないけど、一緒に行ってほしい」

冬海の誘いに、洸は黙って頷いた。

――波も輝も僕を責めにはやってこなかった。

以前、自分のために海に入ってくれたとき、冬海が言った言葉だ。それが、ショックだったのだと。

あの出来事は間違いなく冬海の中に小さな変化をもたらしただろう。だとすれば、ふたりで墓参りに行くこともきっとなんらかのきっかけになるはずだ。

「うん、行こう。きっと兄貴は怒らないよ」

洸がそう言うと、冬海はほほ笑んだ。

「そうだね」

その切なさの滲む冬海の面差しを目にして、洸はひとつの決心をした。

輝の死が、冬海の中から消える日はない。たとえその罪悪感が、他人からすれば的外れなものだとしても、胸のどこかにずっと抱き続けていくにちがいない。意識的にしろ無意識にしろ、それが冬海だ。

だから洸は、今年輝の墓に向かって、冬海を前にしてちゃんと言葉にする。

俺はこのひとと恋をするよ、と。

実行できれば、洸にもささやかな変化が訪れるだろう。

「好き」

心を込めて告白する。何年もの想いを伝えるのは難しいが、焦る必要はない。この先いくらでも機会はあるのだから。

洸は、冬海に身を寄せた。

あたたかい肌。少し甘い匂い。そして、冬海の心音を耳にしながら、これまで抱いてきたあらゆる不安が薄れていくのを実感していた。

あとがき

こんにちは。夏ですね。

夏の一冊は、久しぶりの芦屋兄弟になりました。夏らしく、ラブ増量でお届けします。

いま確認してみましたら、三男編が二〇〇六年の七月なので、ちょうど四年ぶりのシリーズ続刊ですよ。

当初、タイミングが合えば次男の続編をと担当さんが言ってくださっていたのですが――ようやくその日が来ました。

次男編の後、「冬海は洸にメロメロになるがいい」という感想をたくさんいただいていたので、続編が書けて私自身、喜んでいます。

お話的には、次男編直後で、三男編に掲載していただいた短編「リアリストの甘い夢」の直前くらいになりますか。

メロメロな冬海を、ぜひご確認いただければ幸いです。

蓮川先生の素敵なイラストとともに！　カラーとモノクロのイラストを拝見したのですが、その美麗さにうっとりしました。

またご一緒できて、とても嬉しいです。蓮川先生、お忙しい中ありがとうございました。

そして、担当様もいろいろとすみません。頑張ります。

さて、近況としましては、数年前近くに映画館ができてから、頻繁に足を運ぶようになりました。映画館だと、やはり家で観るのとでは迫力がちがいますし。

先日、とある映画を観たとき、なんと貸切になってしまい……どきどきしました。平日ってほんと、経営状態が心配になるほど空いてます（大きなお世話でしょうけど）。

月初めに、今月はなにを観にいこうかなあと考えるのが愉しみですよ。

あとは、この本が発売される頃には飛行機（国内線）で旅に行っている予定です……が、果たしてどうかな。中止していなきゃいいけど。

飛行機って怖いですもん……。

人生において、片手くらいしか乗ってません。しかも、最後はずいぶん前になります。

他になにかあるかな。あるとすれば、相変わらず胃腸が駄目駄目ってことですか。定期的に胃が痛くなって……もう、厭。

というような日常です。

最後に、この本を手にとってくださった皆様、ありがとうございます！　久しぶりの芦屋兄弟ですが、少しでも愉しんでいただけることを祈ってます。

それではまた。

高岡ミズミ

✦初出　エゴイストの初恋……………書き下ろし
エゴイストの思惑……………書き下ろし

高岡ミズミ先生、蓮川愛先生へのお便り、本作品に関するご意見、ご感想などは
〒151-0051 東京都渋谷区千駄ヶ谷 4-9-7
幻冬舎コミックス　ルチル文庫「エゴイストの初恋」係まで。

幻冬舎ルチル文庫

エゴイストの初恋

2010年7月20日　第1刷発行

✦著者　高岡ミズミ　たかおか みずみ

✦発行人　伊藤嘉彦

✦発行元　株式会社 幻冬舎コミックス
〒151-0051 東京都渋谷区千駄ヶ谷 4-9-7
電話 03(5411)6432［編集］

✦発売元　株式会社 幻冬舎
〒151-0051 東京都渋谷区千駄ヶ谷 4-9-7
電話 03(5411)6222［営業］
振替 00120-8-767643

✦印刷・製本所　中央精版印刷株式会社

✦検印廃止

ISBN978-4-344-82005-0　C0193　Printed in Japan